심재언 1921년 9월 13일생

이 책에 실린 연구성과는 한국학술진흥재단(KRF-2005-078-HL0001)의
지원으로 이루어졌습니다.

한국민중구술열전 16

심재언 沈在彦

1921년 9월 13일생

임경희

20세기민중생활사연구단

눈빛

임경희 林暻熙

이화여대 대학원에서 「개항 이후 부보상의 정치화 과정」으로 박사학위(정치학)를
취득한 후 조선부보상단과 근현대 상인 연구, 특히 경상도 지역 상인 연구에 몰두하고 있다.
현재 영남대학교 20세기민중생활사연구단 연구교수로 일하면서 대구와
주변 지역 시장 상인에 대한 자료 수집을 진행중이다. 『잃어버린 우리 상인문화,
조선 보부상의 풍속』(문예진흥원 지원, 2000), 『고령상무사』(고령군, 2002),
『20세기 한국민중의 구술자서전 3 장삿길 인생길』(소화, 2005, 공저),
『한국민중구술열전 5 성송자 1932년 5월 5일생』(눈빛, 2005)
등의 저서가 있다.

한국민중구술열전 16

심재언 1921년 9월 13일생

편찬 총괄 ― 박현수

초판 1쇄 발행일 ― 2007년 9월 29일

발행인 ― 이규상

발행처 ― 눈빛출판사

　　　　　서울시 마포구 상암동 1653번지

　　　　　DMC 이안 상암2단지 506호

　　　　　전화 336-2167 팩스 324-8273

등록번호 ― 제1-839호

등록일 ― 1988년 11월 16일

편집 ― 정계화·고성희·박보경·최지영

출력 ― DTP하우스

인쇄 ― 예림인쇄

제책 ― 일광문화사

값 7,500원

Published by Noonbit Publishing Co.,
Seoul, Korea
ISBN 978-89-7409-726-4

20세기민중생활사연구단과 '한국민중구술열전'

박현수

어느 시대에나 사람들은 자기 시대가 급변하는 시대라고 생각하였다. 그러나 20세기의 변화는 그러한 급변의 시대와 달라서 한 사람이 나고 자라서 늙는 동안에 자연의 변화를 느낄 수 있을 정도의 절대적인 변화였다. 이토록 현기증 나는 사회·문화 변화의 속도는 우리들로 하여금 '20세기민중생활사연구단'의 깃발을 내세우고 그 아래 모이게 하였다. 나날이 사라져 가는 가까운 옛날의 일상을 서둘러 기록하고 해석하여 민중생활사를 중심으로 새로운 역사를 구축하기 위한 자료를 집성하기 위함이었다. 소멸과 망각의 위기에 대처하여 지난 백 년의 민중생활 자료를 살려내고 이를 전산화하여 누구나 이용할 수 있게 하자는 것이었다. 우리 이웃의 일상생활을 중심으로 새로운 역사를 구성하면 역사는 민주화되고 한국 인문학은 새로운 바탕 위에서 새롭게 출발할 수 있을 것이 아닌가. 2002년에 조직된 우리 연구단의 목적은 여기에 있다.

우리가 걸어온 가까운 옛날을 잃어버린다면 우리는 그보다 조금 더 오래 된 옛날과 분리되어 버린다. 풍경은 근경에서 원경으로 연속되어 전개되어야 완벽한 풍경이 되듯이 시간의 풍경도 원근법을 갖추어야 한다. 시간의 깊이가 보이지 않는 풍경은 촬영장 세트처럼 우리를 어지럽게 만든다. 가까운 옛날의 역사를 상실하면 의식의 필름도 끊기는 것이다.

가까운 시대의 역사 중에서도 친숙한 생활의 역사가 제 위치를 차지해야 한다. 가까운 시대와 이웃의 생활사를 원근법에 맞춰 살려내는 것은 역사에 기록을 남기지 못한, 역사 없는 사람들의 역사를 복권시켜 역사를 민주화하는 일이다.

문헌자료를 최고의 사료로 평가하는 역사학은 그 자료의 성격과 한계 때문에 가까운 이웃의 일상적 생활사에 접근하기 어렵다. 한국 고고학은 산업화와 개발을 위한 치다꺼리에 바빠 그런 이웃의 과거에 관심을 보이지 못하였다. 이제 새로운 주제에 대한 총체적 접근을 위해서는 새로운 자료들에 착안해야 한다.

기성 학문체계를 바탕으로 하는 학문의 울타리는 이러한 접근에 도움을 주기 어렵다. 그 울타리를 허물고 20세기민중생활사연구단에 모여든 백여 명의 연구자들은 이제껏 소외되어 온 역사학의 이른바 보조사료(補助史料)들을 재평가하여 중시하게 되었다. 거대한 경관으로부터 조그만 부엌 살림살이나 어린이 장난감에 이르는 생활의 물증(物證), 앨범에 간직된 개인적 사진, 각종 서류, 이제껏 사료로써 이용되지 못한 문학작품 또 기록영화나 극영화 자료 등이 유기적으로 동원되어야 한다.

특히 중요한 것은 형태가 없는 이야기들이다. 한 사람의 가슴과 머릿속의 이야기도 몇 권의 책으로 엮을 만큼 귀중하고 풍부하다. 그러나 아무도 들어줄 사람 없고, 아무에게도 들려주지 못하고 세상을 뜨게 되는 것이 보통 사람들의 이야기다. 민중의 이야기는 역사 없는 사람들의 역사를 구성하는 기본 자료일뿐 아니라 가장 풍부한 자료인 것이다.

흔히 역사 없는 사람이 살아온 이야기는 '생애사(生涯史)'라 불러 역사에 이름을 남길 만한 사람의 '전기(傳記)'와 구별한다. 문자 기록이 적거나 없는 집단의 역사는 에트노히스토리(ethnohistory)라 하여 문헌자료를 바탕으로 하는 '진짜' 역사, 히스토리와 구별한다. 이런 자기 문화 중심주의를 지양하지 않고서 한 걸음 나아간 역사 서술을 기대한다는 것은 어불성설이다. 문자 자료가 없는 사람들의 구술을 바탕으로 전기를 기록하는 작업은 구술자와 연구자의 대화다. 역사 서술의 주체와 객체를 통합하거나 아니면 적어도 접근시키는 일은 새로운 역사의 기본 조건이다.

역사는 항상 새로 써야 한다지만 역사를 한 번 쓰고 버릴 일회용품으로 생각하는 것은 역사허무주의에 다름 아니다. 희랍어 '히스토리아'는 원래 이야기를 뜻하다가 나중에 과거지사(過去之事)까지 뜻하게 되었다. 독일어 '게쉬히테'는 원래 과거지사를 가리키다가 나중에 이야기도 뜻하게 되었다. 같은 말로 표현되더라도 과거지사 자체와 이에 대한 이야기나 담론(談論)은 구별되어야 한다.

그렇다면 무엇이 중요할까. 고대 중국에서도 '술이부작(述而不作)'이라 하여 지어낸 이야기보다 사실 기록을 중시하였다. 사라져 가는 20세기 민중생활의 역사에 대하여 그럴 듯한 담론을 전개하는 것보다 생활의 역사에 관한 사실을 찾아내어 이를 기록해내는 일이 절실함은 당연하다. 마지막 잎새처럼 아슬아슬하게 남아 있는 민중의 일상 모습을 기록하는 일은 지금 아니면 도저히 할 수 없다. 그것은 이 시대의 시민인 우리가 하지 않으면 안 되는 일이다. 이는 역사를 남기지 못한 채 세계적으로 가장 어려운 시대를 살았던 사람들에 대한 최소한의 예절이며, 자라날 후손에게 뿌리를 보여주는 최소한의 배려다.

이러한 작업은 그 작업 과정 자체가 중요한 구실을 한다. 자기의 일생을 이야기하여 시대를 증언하는 사람과 이 이야기를 듣고 받아내는 연구자가 마주앉는 것은 개인의 역사를 사회의 역사 속으로 또 사회의 역사를 개인의 역사에 편입시키는 일이다. 이러한 과정에서 이야기를 펼치는 노인들은 커다란 심리적 만족을 숨기지 않는다.

본 연구단은 새로운 자료들을 '디지털' 방식으로 정리하면서 전통적 방식으로 사진전을 열고 사진집을 인쇄하여 간행해 오고 있다. 2005년 여름에는 이십여 명의 구술자료로 '20세기 한국민중의 구술자서전'이라는 큰 제목 아래 6권의 책을 엮어 낸 바 있다. 이어서 한 사람의 이야기를 한 권의 책으로 펴내는 '한국민중구술열전'을 계속하여 간행해 오고 있다. 앞으로 계속 간행해야 될 이 총서를 무엇이라고 불러야 될지 활발한 논의 끝에 '한국민중구술열전'이라는 총서명이 결정되었다. 후보 제목으로 올랐던 것에는 '우리 곁의 위인' '민중이 이야기하는 어제와 오늘' '이웃이 이야기하는 우리 시대' '이웃들은 어떻게 살아왔는가' '위인전' '대비(對比)열전' '대비구술열전' '진짜 위인전' '평범한 사람을 찬양하자' 등이 있었다. 이들 모두가 본 연구단의 지향점과 이 총서의 실체를 잘 보여준다.

이제껏 눈길을 제대로 받지 못한 가까운 이웃과 옛날의 생활 모습을 총체적으로 기록, 해석하고 또 온 국민이 이용할 자료집성을 구축함으로써 빈사의 한국 인문학을 구출하겠다는 연구단의 야심찬 계획은 이제 외로운 작업이라 할 수 없다. 한국학술진흥재단의 적극적 지원을 얻게 되었기 때문이다. 이 재단을 통하여 우리는 국민의 지원을 받고 있는 것이다. 우리의 작업을 도와주는 모든 이웃에게 감사의 말씀을 드리지 않을 수 없다. 〈20세기민중 생활사연구단장·영남대학교 문화인류학과 교수〉

"한상(恨相)의 노래"

차례

서문

임경희

　심재언(沈在彦)은 우리 나이로 여든일곱. 한국 역사상 가장 힘든 시기를 건너 왔지만 누구도 돌아보지 않는 '비극의 세대원' 이다. 어릴 때에는 형들에게 밀려 공부도 못한 채 농사일에 매달려야 했고, 자라서는 제국주의 국가 일본의 침략야욕 때문에 낯선 곳 외딴 섬에서 배고픔과 전쟁에 시달려야 했다. 징용지에서 고생만 실컷 하다 해방 후 빈손으로 돌아와야 했지만 지금껏 한국 정부는 해준 게 없다. 상처를 보듬기는커녕 오히려 그 피맺힌 대가를 가로채고 '조국 근대화' 란 명분 아래 다 쏟아 넣어 버렸다. 고향에 와서도 6·25와 어수선한 정치, 급격한 산업화와 도시화의 와중에 정신없이 휩쓸려 다니다 보니 어느새 미수(米壽)를 코앞에 둔, 아무 일도 할 수 없는 나이가 되어 버렸다. 징용지에서 받은 상처와 이런저런 충격 때문에 그는 요즘도 매일 술을 마신다.

　구술자를 처음 만난 건 2006년 3월 26일, 팔공산 자락에 자리 잡은 '송광매기념관' 꽃잔치 자리에서였다. 송광매기념관은 대학시절 은사이셨던 추언(秋堰) 권병탁(權丙卓) 선생님께서 평생의 연구 업적을 한자리에 모아 전시해 둔 개인 박물관이자 매실농장이기도 하다. 그날 그는 경산 지역 징용자들의 모임인 '태평양동지회' 사람이며 동구 숙천

13

동에서 대를 이어 농사를 짓고 있다고 자신을 소개했다.

20세기 민중생활사 연구자에게 '징용 갔다 온' 팔십대 농민의 삶을 기록할 기회란 머뭇거릴 이유가 전혀 없는 횡재다. 바로 약속을 정하고 4월 8일 숙천동 집 부근 길가에서 그를 만났다. 자동차에서 올라탄 그는 대뜸 자신의 집 아래 사복동 골목길로 나를 데려갔다. 일대의 논밭과 과수원, 그곳에 물을 대던 보(洑)가 있었던 자리를 한 번 둘러보자는 것이었다. 세번째 만났던 4월 18일에도 그는 비석 하나를 보러 가야 한다며 소매를 끌었다. 동치(同治) 10년에 만든 비석 하나가 한때 자신이 소유했던 밭 언저리에 내팽개쳐져 있었다. 빨리 어딘가로 옮겨 보존해 주기를 바라는 눈빛이 간절하다 못해 숙연하기까지 했지만 밭주인은 그런 그를 냉소했다. 구술을 받는 일은 이날 오후 근처에 있는 한 기사식당에서 시작되어 6월 중순까지 계속했다. 구술은 특히 일제하 징용에 치중되었다. 모든 기억이 징용과 관련된 일에 집중되어 있는 듯했다. 말릴 수 없었다. 1944년 6월 28일 집에서 끌려가던 날부터 1946년 2월 27일 고향집에 돌아올 때까지, 그는 날짜까지 생생하게 기억해 냈다. 이야기 도중 "나쁜 놈들" "아이고 더러운 것" "우리나라 참 형편없어" 란 말을 내뱉으며 자주 언성을 높였다. 그 상처가 오죽했으면….

팔십 년째 그가 살아오고 있는 숙천동 집과 동네도 20세기 민중생활사 연구에 안성맞춤인 지역이다. 경북 경산군에 속해 있다가 1981년에 와서야 대구광역시 동구로 편입된 이곳은 남쪽으로는 대구선 철로, 북쪽으로는 영천 가는 국도가 둑처럼 동네를 에워싸고 있다. 대도시와 인접한 곳이지만 그린벨트로 묶여 버려 도시화도 산업화도 지나쳐 버렸다. 개

밭'이 비켜 간 변두리 촌동네는 그래서 예나 지금이나 그 모습 그대로다. 손대다 만 낡은 촌집이 유난히 많다. 구술자가 살고 있는 집 위채도 팔십 년 전 아버지가 사서 사시던 것을 수리한 것이다. 그렇지만 그는 아랑곳하지 않는다.

미수의 나이지만 그는 여전히 농사꾼이다. 학교 교육이래야 간이학교 한 달 다닌 게 전부이지만 동네에서 일어나는 크고 작은 일에도 빠지는 법이 없다. 뼈 빠지게 일 시키고 무일푼으로 내쫓은 일본을 상대로 '징용피해보상'을 요구하는 일에도 앞장서 왔다. 언제가 될지는 모르지만 역사소설도 한 권 쓸 생각이다. 몇 년째 편지지 두어 장 메운 게 전부이지만 제목은 이미 정해 두었다. '사람 팔자 알 수 없네'. 이것이 내 이웃, 우리 시대 민중의 삶이었던가? 그를 만나고 구술을 정리하는 동안 정말 많은 것을 배우고 깨달았다. '비극의 세대'와 그들 내면에 자리 잡고 있는 상처와 한(恨)을 이제는 어렴풋이 이해할 수 있을 것 같다.

심재언 할아버지, 살아남아 그 어렵고 힘들었던 시대를 기록할 수 있게 해주셔서 감사합니다.

1. 열 살 들면서 농사일 시작

구술자 심재언. 2006년 6월 6일 그의 집에서 촬영한 것이다.

몇 년생이십니까?

제가요? 천구백이십일년.

존함이?

이름은 심재언. 청송 심씨 참판공파 십이대손.

어디서 나셨습니까?

어릴 때는 고령군 우곡면카는 데. 거게서 나 가지고 일곱 살 때 이리 이사 왔거든. 우곡면 포동(鋪洞).

미을이 몇 호쯤 됐습니까?

마실(마을)이 아주 커요. 본 마실은 한 백 호 넘었고, 우리는 그 뒤에 후동(後洞)카는(이라는) 덴데. 거는 한 사십 [호] 이래 됐는데 지금도 가 보마(보면) 커요. 지대가 낮아 가지고 올개(올해)도 둑 터져 가주고(터져서) 절단냇 부고(절단내 버리고) 했제. 그리[로] 물이 많이 채이거든. 우리 살 때는 둑 매도 못했고, 해방 후에 둑 한참 하고 그랬는데 이 물이 가치가(간혀서) 쏟아 내마(내면) 들 농사짓다가도 [물난리개] 삼 년 만에 하문(한 번) 오고 일타(이렇다) 말이라. 물 좀 들었 부만(들어 버리면) 파이고(작파해야 하고). 해보마(보면) 보리 한철도 못해 무요(먹어요). 애를 묵어(먹었어). 우리 작은집이 여 와가 있었어. 작은 할배가 와가 있었는데 "거 몬(못) 산다. 임기라(옮겨라), 임기라" 그랬어. 여 온 후로는 그대로 그냥 어릴 때부터 이 긱끼지 일고 있어. 시금 그러년은 얼매고? (한참 동안 곰똘치 나이를 계산히디니) 칠십구년인가, 그쯤 되지.

우곡에 있던 때부터 얘기 좀 해주십시오. 아버님은 뭘 하셨습니까?

우곡 거서는 어리 가지고(어려서) 뭣도 모르고 여 와서부터 쪼매 기억이 나고. 조부는 거서 돌아가싯고(가셨고) 우리 아부지(아버지) 조모가 여 왔습니다. 기억이 나는 거는 우리 외갓집이 거 [있었]고, 고모가 거 있고. 고모가 낫질카는 데 거 가만 마이(많이) 살거든. 우리 외가는 김씬데 거 집안이 됐어요. [그래서] 쪼매날(어릴) 때에는 자주 어른들 따라가 보고 이랬는데. 안부인들은 친정 아부지나 어매(어머니)나 제사 닥치면 꼭 가거든. 여 와서는 길도 멀제 거 한 번 갔다가 올라 캐도 힘들제 이래 가주고(이래서) 그전에 우리 [외]조모가 돌아가실 때 한 번 따라가 보고.

형제자매는 얼마나 있었습니까?

칠남맨데 다 돌아갔어. 여 형제 간이 삼형제라. 백씨 중씨 그 다음 누님, 내가 너이로(넷째로) 났어. 여동상(동생) 둘, 남동상 하나 있는데 남동상은 육이오 때 군에 가서 죽었고, 거는 참 장개(장가)도 못 들이고 죽었고 여동생이 오 년 전에 [하나] 가고 하나는 지금 칠십몇(몇)이고? 아이(아직) 있어. 지금 하나 살고 다 갔 붓어. 큰형님이 오십일곱 살에 돌아갔는데 간 지 이십 년이 넘었어. 내보다 열 살 우에거든. 중형은 내하고 니 살 차이고 누님 고는 또 세 살 아래지. 아버지는 팔십에 돌아가싯어.

형님은 뭘 하셨습니까?

우리 작은형님은 면에 임시 직원으로 아들 맞이 심부름시키는 거 있거든. 거 드가 가지고 거서 한 해 있었고 그래 있다가 우리 여 오기 전에 [일본] 갔 붓어요. 큰형님이 일본 가 가지고 첫 해 가서는 편지도 오고 뭐 그래 했어. 그 뒤에는 머머 한 삼 년 동안 편지고 뭣이고 아무것도 없어. 일본 갔다가 만냈다 키는(하는) 사람[이] 있는데 그 사람도 말하기를 우에 가(어떻게 해서) 사던동(사는지) 그것도 모르고 머 술타령이 돼 가지고 일을 하던동 안 하던동 그건 모른다 카는 거라. 그래 아무 연락도 없고 이래 놔 놓으이 [작은형님이] 형님을 만내 가지고 사정 이야기를 하고 저거 해야겠다 카믄서 [갔지]. 어른들 이야기 들으면 우리 큰형님은 열두 살, 열세 살 때 고학교가 돼 가지고 오학년 졸업하고 한학 그거도 배았다 카이. 작은형님은 한학 쪼매~ 하고 신학은 학교 드가도 못하고 거서 간이 학교라고 있었어요. 인자 이 년 하는 데 거 댕겼는데. 그래가 작은형님은 일본말 쪼매 알았지. 작은형님이 처음에 [큰형님이] 동경 있다 카는 말만 듣고 동경을 가이(가니) 찾을 도리가 있나? 전혀 못 찾는 기라. 그래서 형님이 또 어 이 지방 사람 말고 저짝 지방 사람, 이우제(이웃) 사람, 거는 큰형님보다 나이 세 살인가 우에(위) 사람이고(인데) 거거 구마껭 카는 데 [가 있었거든]. 구마껭 카는 거가 동경 저태(곁에) 어데거든. 그래 우에 그리가서 만냈따 카데. 그래 가 가지고 둘이 공자를(공장을) 드갔다 카데, 철물공장. 그래가 둘이 마음잡고 참 이래 고생을 하고 있는데 아무리 봐도 거 있어 가지고는 성공을 못하겠다 [싶더래]. 그래 이러지 말고 경산 군[1)]에 거게 작은집 있는 데 거 가자. 거 가만 살기가 좋[다]더라. 내가 함(한 번) 가 보고 오게. 거 살기 좋다는데 그리 임기도록 하자 그랬어.

학교는 여기에 와서 다니셨습니까?[2)]

내가 여 와도 거는 자주 니러(내려)가야 되거든. 조부 산소도 거 있제 또 자기네들 공장에 들어가 있으니까 뭐 만야에 호적힐 일이 있으만 그거 띠(떼어) 보내라 카고. 내가 가 가주고(가서) 전부 맨들고 하니까. 내가 가마 으심(의심) 없이 띠 주고 "뭐 편지는 자주 오나" [묻기도 하고]. 여서 그리 가만(가면) 그때는 버스 그거 [면사무소 소재지까지] 드가도 못하거든. 버스 타만 어디가노 카만(하면) 이짝 현풍 구지 거 가 가주고 구지서 버스가 하루 세 번인가 네 번 그래 있어. 가는 거 시 분(세 번) 오는 거 시 분 그렇지 아마. 고래(그렇게) 댕겼는데(다녔는데) 그걸 타고 니리가(내려서) 고서 인자 낙동강 건니(건너)가 가주고 저 우에꺼지(위까지) 올라가야 되는데. 대략 타는 기 아침 일곱시, 일곱시 반, 그기 첫 버스라. 그걸 타고 니리가마(내려가면) 구지까지 가는데 시(세) 시간.

그 버스는 일본서 일본 사람들이 맨들었다 카는데 큰 기(게) 아니고 쪼매난 거, 요새 거트마(같으면) 봉고차랑 한가지지.[3] 열댓이 타도록 그래됐지 넘으마 못 타고. 대구 가서 그 차를 [바꿔] 타야 되거든. 그때는 대구 합동[4]이지 역전에. 그래 구지서 나가면 나루가 있고 고 밑에 또 한 이십 리 될라나? 건너가마 되바우라카는 데 거 건너가는 데 있고. 다리를 건닐라 하면은 배 타는 시간을 여서부터 알아야 되거든. 배는 온 데로(사방으로) 갔다 왔다 하는데 나룻배가 따로 있거든. 면에까지 가니리만 삼통(줄곧) 걸어가고 그랬어요. 그 짜는 자동차라 카는 게 없고. 나오는 거도 역전에 거서 출발해가 가고. [버스를 타면] 저 경산 남부 거꺼징(거기까지) 니리가요. 내려가면 고방장터라고 있는데 거꺼징 갔다가 다부 돌아오고.

구지까지 가면서 어디어디 섰습니까?

버스가 서는 데? 구지까지 가는 버스 서는 거는 대구 여서 나가만 저 서문시장 거 가서 타고, 월배 니리고 가고 또 옥포 가고 화원 가고 그래가 쭉 돌아서 저저 고령 나가는 다리, 멍덕미 다리카는 데 거게 가서 서고. 그래 현풍 니리 가주고 구지 내려가면 고 한 십 리나 가만 솔리카는 데 있어. 곽(郭)씨 많이 사는 데. 고 가서 또 서는 데가 있어. 고 넘어가면 인자(인제) 구지라.

1950년대 초
시외버스터미널로 사용되던
대구역 옆 합동버스정류소
입구. 복기련 씨 소장[5]

아침 일곱시 반 버스를 타려면 집에서는 몇시에?

집에서는 일찍 나서야 돼. 여서 일찍 가는 버스 고골 타야 [차 시간을]
맞차지(맞추지) 안 그러면 몬 타는 기라. 첫 차 떨자 부만(놓치면) 가는
거밖에 안 돼. 가 가주고 자고 이튿날 볼일 보고[와야 해]. 그때 차장이 멀
리 이래 가는 거는 딸아~들이 많이 해. 처음에 댕길 때는 여여 머시마들,
한 열댓 살 먹었는 머시매[였는데], 난제 차차차차 갈리더마. 그래 딸아들
도 많았지.

아버지는 마흔 살 넘었다고 일손 놔 버리고

일곱 살 때 여기 와서 살던 이야기를 차근차근 좀 해주십시오.

여 와 노이 자진거방 하나 있고 이발소 있고 술도가 있고 딴거는 다 집
이고 논이고. 점빵(店房) 하나인가 둘인가 술 팔고 담배 팔고 과자 팔고.

왜놈들이 과자를 많이 해. 센뻬이 과자 그거 참 많이 묵었다(먹었다). 아부지는 연세가 사십 세가 넘었으이 인자 일손 낳고(놓고) 안 할라 하고. 옛날에 사십 세 넘으만 다 그마(그만) 일 안 하고 어른 행세를 하고 그랬거든. 그래 놔 놓으니 나는 집에 논 쪼매(조금) 농사짓고 나무하러 [가괴] 소 여물 끼리(끓여) 줘야 되고. 옛날에는 나무[로] 불로(을) 때가 온돌 뜨사야(덥혀야) 되거든.

아침에는 몇 시쯤 일어납니까?

아침에 일 나는 거는 언제든 다~(다섯)시 되만 일[에]나. 지금도 이기 질이 들리 가지고(습관이 돼서) 다~시 되만 일나요. 대략 [밥] 무마(먹으면) 한 여덟시, 일곱시 반쯤. 아침 먹고 나믄 들에 가고 놀 거 있음 놀러 가고. 놀러 갔다가 낮에 들어오만 영 야단이지. 뚜드리 팰라 카고(때리려고 하고). [웃음] 그래도 그기 참.

동네서 뭐하고 놀았습니까?

동네에서는 나가믄 거 주로 윷놀이지. 설에도 하고 추석에도 하고. 우엣든동(어쨌건) 사람이 모이 가주고(모여서) 놀고 재밌다 칼라 그라믄(하려면) 윷놀이 그기 젤 재밌어요.

윷놀이 말고 어릴 때 놀아 봤던 건?

[팽이치기] 마이 해봤지. 거 칼가(칼로) 따듬으면(다듬으면) 되는 기지. 따듬을 때 잘해야 돼. 잘못 따듬으면 잘 안 도는 것도 있고 그래요.

팽이 깎는 칼은 무슨 칼을 씁니까?

칼? 보통 어 뭐 정제(부엌)칼. 어데 잘 갈아 가지고 그래가 해야 되지.

요래 눌라만(눌리면) 소로록 깎이고 그래 해야 하지. 칼이 드는 기라야 돼. 거 깎는 걸 잘못 깎으마 마 잘 안 돌고 그랜께(그러니까). 채로 이래 치마(치면) 돌아가는데 요게(요기)를 잘 따듬어야 돼. [나무는] 대강 소나무가 많지. 팽이 돌리고 뭐 할라 그러믄 자기 손으로 이거를 잘 따듬을 줄 알아야 돼. 그걸 모르마 잘 안 돈다 카이.

몇 살 때 처음 다듬어 봤습니까?

젤 처음에 따듬었는 기 한 다섯 살 때. 한 다섯 살쯤 되만 [다듬어도] 잘 안 돌거든. 그래가 [채로] 뚜드려 패기마(때리기만) 해. 잘 안 도는 기 깎을 줄 몰라 그런 기거든. 한 해쯤 그카다가(그리다가) 지내고 나믄 그 이듬해 좀 잘 돈다 카이. 깎기를 잘 끾으마 잘 돈나 카이. 제기는 안 맨들어 봤어. 그거는 우리 집 아~덜이 잘하니라.

연은 날려 봤습니까?

연? 연 날리는 거도(것도) 마이 하지. 연 날리는 거는 대략 겨울이거든. 연 놀리는 거 그기 잘되만은 참 좋다 카지. 연 놀리는 거 그것도 폭수가 맞아야 되고 이거 하는 광각이 맞아야 돼. 대나무 그거를 짜게(쪼개) 가지고 (방바닥에 손가락으로 그림을 그리며) 양짝에다 이래이래 하는 거 이기 한싹이 넓고 한짝이 좁아도 안 되고 또 이기 폭이 요래 똑같이 되면 이것도 잘 안 되고. 요기 한짝이 질고(길고) 요래요래 이만침(이만큼) 내려가고 한짝이 이래 질고 이리는 폭이 좁고 대략 그래 만들어야 돼. 고래 만들면 잘 피워져요.

언제 처음 만들어 봤습니까?

연 만드는 거는 대구 와가(와서) 한 일곱 살 될 끼라. [누가 연을] 하나 만들어 가지고 골목에 이래 띄워 가지고 있으마 다른 아~덜이 즈거(저희) 집에 가서 아부지한테 하나 만들어 달라 카고 그래. [나도] 여러 번 만들어 줬지 그거를. 아~덜이 열댓 살 될 때까지. 쥐불놀이 그거는 다른 아~덜 불놀이하고 거 가서 "잘한다" 이카믄 되는 거지 우리는 잘 안 했어.

저녁에는 뭘 하고 노셨습니까?

저녁엔 지내기 좋~다. 요요 우리 차 타고 올라 갔제? 거 도랑이 니(네) 갠데 저짜 두나(둘) 이짜 두나(둘) 그 물이 참기로(차기가) 기가 맥히게 참다. 여름에 한참에(단번에) 못 들어간다. 물 찍어 바르고 푸드드덕하다 나오고 한참 있다가 또 들어가고 시원하고 좋다. 겨울에는 뜨뜻하데이. 그러이 저녁 묵고 나마 거 가서 모욕(목욕)을 턱 하마 암만 덥은 날이라도 땀이 브쓱(바싹) 마르는 기 마. 그라고 나오믄 인자 저 버드나무 아름드리 되는 기 이기 양짜(양쪽에) 댓 개쓱(씩) 서가 있었다. 그 나무 밑에 앉아 있으면 시원~하이 고마. 여름에 낮에도 집에 점슴(점심) 한 그릇 떠 무만(먹으면) 나와 가지고 목욕하고 나무 밑에 앉자가 [있으면] 시원하게 땀 브쩍 말라가(말려서) 또 들어가고. 인자 그런 것도 다 없어지고.

샘이(우물)도 있었거든. 거는 물이 좋~십니다. 지금도 저 올라올 때 [오는 곳에] 있는데 기열(겨울)에 추블 때 다른 데는 얼어 가지고 삼통(계속) 몬 썼고 그러만 전부 거 와가 물 니리 오는 데 발 담가 놓고 빨래해요. 이짝 마실이나 저 밑 마실이나 전부 그래요. 새복(새벽)에 일적 일나만(일어나면) 이 물로(을) 가져간다 카이. 지는 통 안 있습니까? 양찰(양철)통 고 한 짐 지고 가만, 양짝에 두 통 지고 가만 실컷 다 하는데.

목욕 외에는?

그기 지방마다 다르거든. 딴 데 지방은 보믄 어데 모이가 초 사다가 촛불 써(켜) 놓고 한 데서(바깥에서) 내~(줄곧) 노름한다고. 읍내에 천지지. 여는 전혀 그런 거 없었지. 노름하고 그런 거는 없었어. 이야기하고 놀지. 글 좀 잘 아는 이런 사람들이 시작을 해가 서넛이 그 저테(곁에) 가 앉아가 옛날 고전 이야기를 듣는데 마이(많이) 들어요. [이야기를] 잘 알고 잘하는 사람이 있었다 카이. 송우암(宋尤庵) 선생은 뭐 어이 되고 카는 거 환~하다. 그런 사람이 있었다 카이. 어떤 사람은 내~ 시대가 바뀌가지고 말도 안 맞아.

학교는 여기에 와서 다니셨습니까?

여기도 간이학교가 있었어요. 그래 뭐 큰 글 배울라 카는 게 아니고 간이학교 댕기면서 일본말 배울라고 [가고 싶었에]. 그 저 마사까라고 장개(장가)도 안 간 안데(아이인데) 요새 같으만 고등학교 출신인데 여(여기) [선생으로] 왔어. 일본서 농촌에 살던 사람인 모양인데 농사짓는 거 글로 많이 배운다고 [해서] 나도 어땟거이(어떻게 하든) 그런 일본말 좀 알라고 탐을 냈는데 아부지가 보내 줘야지. 못 간다 이기라. 내가 열시 살, 열니 살인가 그래 됐다. 아무레도 안 되겠더라. 학교[에] 내 혼사 가 가주고 선생한테 이야기하고 한 해만 하겠다[했지]. [처음에는] 안 된다 카더라. [그러더니] '내일 와가 시험을 봐라' 캐. 그래 시험 보는데 이거는 요새 같으만 국문을 하나 [쓰고] 이거는 일본말로 하만 뭣이고 그건 써 어야(넣어야) 하는 기라. 집이마(이면) '이에' 다. 이건 집 짓는데 목수들 하는 이야기다. 길을 길으만 우에 걸어야 되노? 뭐 이런 거 한 밋 가지. 두 가지만 몰랐어. 우리나라 국문 같으만 다 아는데 일본말로 씨라(써라) 캐 났으니 두 가지를 몰랐는데 그래가 주었디만 "아 이만하면 충분하다. 이 학년 드(들어)갈 자격 된다" 카데. 요새라. 그때는 사월달에 아~들 드가고(입학하고) 삼월 그믐 되만 아~들 졸업해 나오거든. 사월달에 입학돼가지고 두 달도 몬 댕깃지. 일 철이 딱 된다 카이. 보리 누렇게 익제, 모 숨가야지(심어야지), [아버지께서] 학교 그꺼정(거기까지) 찾아왔더라 카이. 찾아와 가주고 "나오너라 가자" 카더라. 그래 선생이 "와 카노" 카이 아부지 일본말 모르거든. 그래 날 학교 못 오고로 "아 뭐 집에 일 때문에 여 학교 몬한다"고 기어이…. 그 카고 덮어 뿠어. 그 질로 학교도 몬 가고 일본말도 몬 배우고. 내가 고때 이학년 고것만 했어도….

그러면 그때가 열세 살쯤? 그때까지는 뭘 하셨습니까?

고때까지는 내~ 산에 가 가주고 나무나 해다 나르고. 나무해다 때고 노는 거 좋아하고. 아침에 들에 나가서 소 미기는 거 [하고]. 그때 앉아서 뭘 했나 카만 학교 드갈 때까지 내 글로 복십(복습)을 하지. 내 동상(동생)은 중학교까지 댕겼거든. 그래가 그거 책 그놈을 가주고 내~ 들[예다 보기만 보고. 그래 내 글씨를 몬 씬다(쓴다) 카이. 들다보고 마 말만 이래하고 씨는(쓰는) 거는 우짜다가(어쩌다) 한문자 몇 자 써 보고 이랬는데 그래 가주고 하이꺼네(하니까) 씨는 기 안 돼. 뭐를 써 가지고 배아야 글씨가 되는데 그래 뿌나이 글이 안 돼.

본격적으로 농사일을 해야 됐던 게 몇 살쯤부터입니까?

그기 열 살. 열 살 묵어서부터는 어른들 머라 카고(꾸중하고)카이 세근머리가(철이) 들어서 안 시키도 논에 나가 보고. 여름 되만 인자 물이 들어와가 있나 말랐 붓나(말라 버렸나) 아침마적(마다) 가 봐야 돼요. 물을

항금(가득) 대 놔도 옆에 밑에 사람들이 저거 논에 물이 쪼매 멀마(멀면)
이걸 퍼가 갔 분다 말이라. 그래 가지고 아침에 일찍 나가 봐야 돼요.

새참은 어떻게 합니까?

으이? 새참은 그때 뭐 따로 있습니까? 없어요. 집에 들어오만 거 뭐고
밀, 밀 그거 볶아 가지고 하나큼(한웅큼) 집어먹고. 그때 따로 뭐가 있습
니까? 큰 일꾼들, 일하는 사람들은 머슴 들이고 안 했습니까. 그런 집들
은 큰 일꾼들이 일도 많이 하고 농사도 많이 짓고 하이까(하니까) 참이
대략 국수, 국수도 요새[처럼] 사는 거 이거 같으면 수(쉬)운데 그때는 그
것도 비싸다고 못 사고 칼국수, 밀가리(루) 칼국수 그서 해 가지고 참을
지가(시어서) 중참을 해주고. 대략 뭐 집에 농주 해 가지고 그거 서이만
서이, 너이만 너이 그래 술 얼매 갖고 가면 [먹고].

점심은 몇 시쯤 먹습니까?

대략 열두시 되만 고마 일하다가도 일손 놓고 여 들에 [보(洑)에] 드가
가 싹 씻어 뿌고 점심 머로(먹으러) 들어오거든. 보가 물이 이래 채이거
든. 거 물이 엄청 좋거든. 저 강물 니리오는 게 드가면 저 깊은 데는 (손을
가슴에 갖다 대며) 이까지 폭 올라오거든. 어린 아~들은 갔다가 빠져 죽
어 부요(버려요). 우리들은 거 가서 손발로 씻고 낯 씻고 그러지만은.

점심 먹고 들에는 몇 시쯤 나갑니까?

오후는 세시 넘어서. 여게 햇살이 원체 좋거든. 동 쪽에서 [해가] 뜨민
서쪽으로 저쪽까지 전부 들이니까(드니까) 해 빠질 동안에 그냥 있단 말
이라. 그러이 오후에 일찍 나가만 뜨거버서(뜨거워서) 몬해.

점심 먹고 세시쯤까지 뭐합니까?

안 자나. 여보 도랑 말고 우에 내려오는 게[개울] 있제? 그 양짝에 버들나무[개] 있었어. 그 그늘 밑에서 한숨 자고. 보통 세시쯤 되만 일하러 나간다 이카지만 자고 뭐 네시나 다섯시나 돼야 일하러. [웃음] 오후에는 날씨 봐 가미. 날씨가 너무 뜨거우만 물이 뜨거바서 일도 못한다 말이라. 한여름에 여 드가만 뜨근뜨근한데 뭐 보에 물이. 그러이 햇살이 얼매나 좋았노.

그래 가지고 해 떨어질 때까지 일합니까?

그렇지요. 해가 질 때까지. 들어와 가지고 저녁 먹고 나오마 양짝(쪽) 여 보 물 나오는 기 있는 데 드가만 되기(아주) 참다(차다) 마. 거 드가 가지고 발 대고 앉았으만 너무 참아 가지고(차거워서) 한 십 분 있으만 쫓아나와 가지고 또 드가고 이래. 겨울 되만 뜨뜻하고 참 그거 보배라요.

그때 쌀은 흔했습니까, 귀했습니까?

쌀이 그때는 뭐 그렇게 귀한 택이 아니였는데. 소화 십일년? 십이년부턴가? 공출카는 기 나왔단 말이라.[6] 그러고 나서는 쌀이 자꾸 귀해지는 기라. 농사 많이 짓고 하는 사람들은 뭐 내 식량 될 만치 [남겨 두지만 닷마지기[7] 서 마지기 짓는 사람은 그거 공출 뺏기 뿌니까 없거든. 묵을 기 없단 말이라. 그래서 해방될 때까지 전부 고생이라. 그런데 그때 참 왜놈들 한국 힘 못하도록 할라고 딱 맘먹고 조져. 사륙(4:6)제로 했거든.

공출을 사륙으로?

열 가마 했으만 여섯 가마니를 가주가고(가져가고) 니 가마니로(를) 먹고. [그런데 본국에선] 꺼꾸로 했다 카이. 네 가마니는 공출받아 가고 여섯 가마니는 집에서 먹고. 그래 농사를 죽도록 지어도 먹고 사는 기 곤란하고. 뒤에는 더 했더란 말이라 우리 없을 때는. 공출로 더 돌라 캤는 기 아이고(아니고). 어떤 사람이 집 뒤 여 마당에 구디(구덩이)를 파 가주고(파서) 거기다가 나락을 한 가마니 두 가마니 숨가(숨겨) 놓는다 카이. 고 묻으니 밑나 묻노?[그러면] 왜놈이 직접 와서 그런 건 아니고 한국에 면직(面職)에 있는 임마들이 꼬챙이 가지고 콕콕 쑤셔 가주고 쑥 드가만 "여 파라" 카고 파마(파면) 가마니 나온다 카이. 땅 파만 표 안 나나? 이래 가지고 곡식 숨갈라고(숨기려고) 이래 해 났다고 막 들고 패고(때리고). 이노마(이놈)들이 지소 말해 주만 경찰 오라 캐가(해서) 얼매나 뚜드려 맞고. 다 낸 사람은 그래도 안 그랬는데 더리(덜) 낸 사람이 있거든. 한 가마니나 두 가마니. 이런 사람은 그 숫자로 다 내라 카미 그 숫자대로 다 내고 뚜드려 맞고. 그래 호되게 가고 그랬는데 그기 촌에 농사서 마지기 너 마지기 짓는 사람이 그렇거든. 공출 거다가(걷어서) 군인들 배부르게 먹고 일 잘하라고 그거 하는 긴데. 우리가 쥐 가지고 했으만 다른 거는 덜 해야 될 건데. 처자들 딸아들 열댓 살 먹은 그거를 붙들어 가 가지고 위안부 만들어 가지고 조지고(망치고) 남자들은 스물세 살에서 스물여덟 살까지 청년들 한참 일할 만하이 다 갔 부고. 영감들 남았으이 일도 올케 못하지 공출해가 다 받아 가지. 젊은 사람 또 스물두 살이면 정년제(징병제)라고 군에 가야 되거든. 우리가 농사짓는 그것만 할 줄 알고 농촌에 일했지 전장 치는 걸, 어떻게 하만 사나 죽나 이걸 천지 모르지, 또 일본 사람이 우리말을 모르니까 일본말만 해가 시키지. 우리는 또 일본말을 모르지. 그러이 이기 군에 가 가지고 뚜드리 맞는 기 일이고. 일본서 우리를 잡아가 질을 들이도 너무 과케 하더라고.

처음 고령에서 이쪽으로 오셨을 때 땅은 얼마나 샀습니까?

땅은 집 그거 사고 이짝에 여 논 두 마지기. 사백팔십 평. 그때는 뭐 공출카는 기 없으니까 먹고살았지. 그러다가 뒤에 저 우(위에) 우리 갔던 비석 [있던 데] 그걸 사 가주고 밭으로 맨들어가(만들어서) 하다가 팔고 또 뒤에 이 밑에 니러(내려)가서 또 사고.

두 마지기 샀다가 다음에 논 살 때까지 몇 년쯤 걸렸습니까?

아메(아마) 한 사 년 뒤?

한 사 년 농사 지어 가지고 돈 모아서?

그건 아니고. 그후에 살 때는 일본서 형님들이 요고까(요걸로) 체면이 안 된다 캐가 돈 보내고 그래가 샀는 기지. 그때는 이 지방을 몰랐단 말이라. 아버지도 모르고 난도 모르고. 겨울이라. 논 있다 카는 거 나락 끌 때 그걸 사 놓으이 아 이놈우 물이 돼야지. 물이 안 돼 가주고 만날 파 제끼고(파고) 이캐 사. 그래 가지고 올케 농사도 못 짓고 애뭀잖아. 그래 갖고 밭으로 맨들어가 하다가 그래 팔았는데 그 다음에 한 삼 년 후에 이쪽 여 여 [샀지].

이 집은 몇 칸 집입니까?

이기 삼간 접집인데 백사십 평. 가옥 평수가 몇 평이 되는동은 모르겠어. 한 열댓 평 될끼라. (인터뷰하고 있는 칸을 가리키며) 요건 다른 사람이 지어 논 거 산 거고 [맞은 편 채] 이걸 내가 지었는데 [집터] 경계가 조 감나무, 감나무 조거를 내가 경계 써 놨는 기라. 밖에 저거는 이 마실 옛날 동답(洞畓)이라. 동답이 저기 밭으로 기양 있었는데 요 앞에 연자방아 그걸 마실(마을)에서 전부 해 가지고 찍(찧)었지. 만주사변[8] 할 때 그

동치 10년 건립된 〈현령이경헌애민선정비〉. 자신이 소유했다가 팔아
버린 밭에 내팽개쳐져 있는 이 비석은 주물로 되어 있다. 이곳은
대구—영천 산업도로가 개통되기 전까지 경주로 통하는 길이었다.

때 모두 한참 치루고 했지. 산중에 가서 돌 그걸 다듬고, 마실 사람들 전부 그거를 밀고 끄질고(끌고) 와 가지고 그래가.

마을 공동으로 방아 찧는 겁니까?

공동으로 했는 기 많고, 그 담적에(다음에) 기(계)로 모아 가지고 기에서 인자 그걸 해 가주고 마을에 돈 벌어 묵고 이래하는 기 있고. 그때 방앗간인데 헐은 맛에 다 했거든.

숙천에서는 어떻게 했습니까?

숙천에도 그기라. 동네 기로 해 가지고 돈 낼 사람은 기[원]되고. 돌 그게 아주 여물고 좋은 기라야(것이라야) 되거든. 돌 잘 뿌사지면(부서지면) 안 되거든. 산꼴자기(골짜기) 가서 돌 좋은 거 그거를 다듬어 가지고 집에 끄질고(끌고) 오는데 그기 문제거든. 갖다[놓다가] 넘어지면 안 되제. 요새[는] 질(길)이라도 좋게 해가 하지만은 옛날에 그게 있나 뭐. 돈

동답이던 곳을 매입해서 지은 구술자의 아래채 전경. 담장 옆 나무 앞이 연자방아가 있던 곳이다.

없는 사람은 게[기] 들지도 못했어.

일하는 소는 누가 냅니까?

자기 소 갖고 와가 [하지]. 소 없는 사람은 넘(남)의 소 [빌려서] 방아 한 번 찍고 나면 그 집에 일로 이틀 해줘야해. 많이 찌~마(찧으면) 사흘쓱 줘 야 하고. 아랫방 고기가 방아 앉아 있던 자리라. 그래 하다가 얼마 안 돼 서 보리방아 찧는 거 기계, 마른 쌀 나오도록 씌우는 거 그거 나서 대번 망했거든. 전기 들어오고 난 다음에. 그때가 몇 년돈지 이걸 몬(못) 하겠 네. 거 돌은 내가 청천에 가주(가져)갔어. 줄 대가(대서) 땡기고 끄질고 (끌고). 그기 십사년도, 소화 십사년도.[9]

청천에는 왜 가져갔습니까?

도랑다리 놓을라고. 그거 나오고 부터는 천지 돌방아 찍을 사람이 있 나. 아무도 인자 안 찌~니까 이래가 안 되겠다 이거를 팔고 동회관 하나 사자 그래가 회관이 요 밑에 [섰지]. (연자방아가 있던 자리를 가리키며) 앞에 마당이 칠십여덟 평인데 이듬해 요게 밭 서른일곱 평이 저저 철도 부지로 들어가고.[10] 이거 사면서 백삼십원 주고 샀었거든.

청천역 하역부로 취직

청천역에 취직한 건 몇 살 때입니까?

여여 청천 마루보시? 그기 열일곱 열여덟 그럴 땐데. 미신으로 지저 진 해로 또 부산으로 청천 물건이 많이 갔거든. 여여 사과 능금 물건이 그짜 많이 갔는데 거 고뺴 띠기(떼기)로 싣고 보내고. 그때는 가마이(가마니) 띠기였거든. 가마이가 무겁다 카이. 거 쫘악 니라나 가주고(내려서) 시알리고(세고). [한 번은] 부산 거게서 시(세) 가마니 없다 카는 기라. 전화와 가지고 시 가마니로 빈다고 여 마루보시가 물아야 된다고. '가 보고 찾겠는가 판단해 보라" 해서 내가 [갔지]. 그래 가 보이 쫘악 이래 재(쌓아) 났네. 대번 보이게 한쪽 귀티(귀퉁이)가 쫌 어스름한 거 같애. 한쪽 귀티가 하나는 이리 삐뚤어지고 하나는 이리 삐뚤어지고 이래 났는 기라. 이래가 우에만 두 가마니 바로 동개(쌓아) 놓고 밑에 꺼는(것은) 양쪽 포대가(로) 이래 해났 뿐는(해 버린) 기(거)라. 시 가마니가 거(거기서) 탈 났는 기라. 대번 보이 거네 마 그렇두만은. 마루보시 그짜 일하는 사람들이 그랬는 기라. 마 나무랠 수는 없고 "이거 꼭히 내가 만치가(만져서) 시알리야(헤아려야) 하나 우에야 되는교" 하니깐 "와요(왜요)?" 카는 기라. "요 시 가마니 없다 카는 데 내 나는 보이 여 있단 말이야. 이거 꼭 시알리라 말이가? 여여 다른 거 다 내리고 요고만 함 뜯어 봅시다" [했지].

그기 상당히 무겁습니데이. 뜯어 보이 이리 재 놓고 저리 재 놓고 시 가마니는 없는 거라. 그래가 날 국밥 한 그릇 사 주더라. 술 한 잔 주고. 술 묵고 부산서 그카다 해 빠지고 올라왔지. 마침 부산서 요 오만 열시 십분이나 그래 되는 차가 있어. 지금도 그 차는 잘 댕기. 그기 막차 택(셈)이거든. 부산서 올라믄 한 세 시간 반이나 그마이 걸린다. 그래 가지고 자네 참 똑똑하다고. 내가 거도 가고 또 저 충청도 천안도 가고 수원도 가고 머 이런 데 수타(많이) 댕겼어. 물건 틀리다고. 날로(나를) 자꾸 글로 보내싸서(보내곤 해서) 수타 댕겼어.

일하는 사람은 얼마나?

일하는 사람은 일곱이라. 일곱이 짐 싣고 내라고(내리고). 여름 되면 매일 나가야지. 겨울에는 그만치 사람 필요없거든. 하루 걸러가 나오는 사람도 있고. 한 서이 할 때도 있고 다섯이 할 때도 있고.

월급은 얼마쯤 받았습니까?

그때 월급이 따리(따로) 얼매 정해가 주는 게 아니고 짐을 실으만 한 고빼에 얼마쓱 그래 돼 있어. 한 고빼에 지금으로 치면 오천칠백원인가 그랬지.[11] 쌀 두 가마이에 가까웠어.

돈 잘 버셨겠네요?

그땐 괜찮았지. 여기 [능금이] 한참 나올 때는 마 매일 한 번씩 있었지. 우짜나 보면 하루 지내고 한 번 실을 때도 있고 그마치(만큼) 물건 마이 나왔어. 여 마 전신에(모두) 다 능금밭이거든. 인자 능금밭이 없지. 부란 병[12] 그런 거 걸리가(걸려서) 능금나무 말라죽었지. 아이고 마 저 물 건너 저리 끝에까지 전부 다 이리 왔어. 그때는 물건이 전부 구루마를 싣고 오거든. 여여 참 물건 마이 나왔어 물건도 좋았고. 그때가 푼돈 만지기 제일 좋았다. 여여 큰 능금밭에 한 해에 나오는 기 한 고빼가 나오거든. 한 고빼가 이백팔십 가마 이래 될 기라. 이기 많심데이. 그래 싣고 나마 화주(貨主)가 술을 한 잔 내고 하내이(한 사람당) 돈을 천원쑥 줍니다. 수고 했다고. "다음에 좀 부탁하재이~" 그카거던. 그러면 이자 한 잔 얻어 먹으면 먼저 실어 줘야 한다카이(한다니까). 여름에 그 뜨거운데 가마이 속에 넣어 두마 사과가 마 전부 변해서 황도 되는 기라. 누러이, 가마이 속에 넣어 났재 그러이 색이 고마. 그래서 물건 머이(먼저) 실어 달라고 돈 친원 주니라. 그기 [일당보다] 더 많다 카이끼네.

잔칫날 신부에게 짚신 사 줬지

결혼하실 때 이야기 좀 해주십시오.

아이고 쓸데없는 소리 많이 하네. 우리 결혼할 때는 참 웃기지. 선 보고 어데 가 보고 뭐 어떻고 그런 것도 없고 우리 아부지하고 저저 아부지하고 만나 가주고 둘이 의논해 가주고 그러고 마 장가간다고. 우리 아부지는 그때 퍼뜩(얼른) 어데든지 [혼처만 있으면 한다고 [애]달았다 카이. 왜 글노 카면 내가 열다섯 살 될 땐가 우리 형님 두 분이 다 일본에서 장가들었거든. 아부지가 가든동 그거도 모르고 통보만 해 놓고. 이래 놓으이 우리 아부지가 부애(화)가 바짝 났던 모양이라. 그래가 마 그날 저녁에 고마(그만) 문을 다 뿌사 뿌고. 그러고 나서 우리 어매하고 둘이 앉아서 이야기한다는 게 "재언이 장가를 뻐뜩(빨리) 들이야겠다. 하나는 붙들어야 된다. 다 내보내 뿌마 아무것도 안 된다. 큰일 난다." 말이 자꾸 그래 나와. 어매는 아직 나이도 멀었는데 머 빨리 보낼라 카노고. 그래 샀디만은 마침 참한 사람이 하나 있어 가지고 대번 아부지가 좋다고 했는 기라. 그래 돼 가 주고 장가는 수월하게 갔지. 할마시는 열여덟 살이고 나는 열아홉 살이고 한 살 차 나는데.

누가 중신했습니까?

이우제(이웃에) 노인이. 그 어른이 날 결혼시키면서 뭐라 했노 카면, "우옜든동 아버지한테 잘해라." 부탁이 그거뿐이라. 그 어른이 칠십두 살인가 그때 돌아가셨는데 내게 고맙게 그랬지. 중신애비거든. 사성도 그 어른이 썼지. 근데 그 어른은 누가 부탁을 하면 "난 안 한다 못한다" 이 소리 안 하거든. "하이고 내가 그런 글이 없는데" [하면서도]

"그럼 대라, 보자" [하지]. 그러이 이웃의 사람들이 모두 좋거든. 기분이 좋거든. 이러니까 전부 다 오니라. 명필이라.

결혼식은?

식은 처갓집에서 하지. 음력 시월 열사흗날이라. 신부집에 갈 때는 걸어갔지 뭐. 거 청천역에 [가서 기차 타고 동촌역에 내려 가지고. 동촌역에 내리만 거 불로동카는 데 드가는 데 그 질이 십리 길인데 차가 있었나 뭐 천지 없거든. 걸어 들어가는 기라. [결혼식 올리는] 그날 바로 갔지. 온종일 걸리지. 그땐 그랬다고. 장인 어른이 그때 오십 한 다섯이나 그쯤 됐어. 장인 영감이 이장도 하고 면협의회 의원을 오래 했다. 참 인사 듣고 지낸 사람이다. 아주 넝지도 크고. 우리 할마이도 덩치 커더라. 옷은 한복 그냥 입고 갔지. 회색 주홍 그거(바지저고리) 입고 우에는 흰 거 저고리. 이거 밍기(무명) 옷이잖아요. 예물로 왔던 거 아니고 집에서 해 가지고 입은 거지. 소화 십사년인데 경상도 여기 디기(아주) 가물어가 물(먹을) 꺼(것)도 없고 마 다 절단 났 뿄을 땐데. 그래도 안 죽고 살긴 살았는데 고상(고생) 많이 했지. 소화 십사년이면 참 대단했지 그때. 신은 어땠노 카면 나는 검정고무신 신고 여자는 고무신을 하나 사 줄라카이 없어. 사로 대구 칠성시장으로 온 데 댕겨도 큰 장까지 가도 없어. 검둥 고무신 그건 살라 카만 되고 그 외 다른 거 여자고무신 왜 색 들어간 거 아 있나? 그거는 전혀 구할 수가 없어. 그걸 못 구해 가지고 짚신을 사가 해야 해. 그래가 [아내개 만날 이키네. "아이고 띠터 소리 하시 마라. 나야 뭐 짚신 신고 시집온 사람이다." [웃음] 가만히 생각해 보넌 내가 우에(어떻게) 그렇기 등신짓을 했노.

신부 얼굴은 그때 처음 봤습니까?

첨 봤지. 선 보고 뭐 그런 것도 없고 아무것도 없이(없으니). 색시는 아흐레 만에 왔어. 장인 영감이 하루는 "새로 또 날 받아 가지고 시집가고 내가 따라 가고 그래야 하는데 내 그런 거 할 여가가 없어" [라고 해]. 아흐레 만에 지 동생과 보낼라 이카데. 일주일 지내면 마 그냥 가도 되니까 큰 처남 보낼라 카민서. 그래 구일 만에 시집오게 됐거든. 올 때 술 정종 가져오고 안주 했는 거 가져오고. 소주가(는) 있었는가 모르겠다. 정종이 일본 술인데 제사든동 뭐 이래 큰일 있으면 대략 이 정종을 한 병 사가지고. 지금까지도 그 질이 들어져 가지고 있거든.

결혼할 때 소주가 있었습니까?

그렇지. 우리 집 뒤로 거 왜놈 점빵이 있는데 거기 소주를 놓고 팔고 했어. 그 소주 독하더라. 안동소주 카미. 안동소주 그기 한 병이 있었지 시프다(싶다). 그거는 우리 집에서 샀지 댓 병이지. 그러고 뭐 오매(어머니) 치마저고리 한 벌하고 아버지 옷 한 벌하고 그리뿐이라.

예물은 뭐 해줬습니까?

신부한테는 웃옷카는 거 안 있나. 노랑 저고리에 붉은 치마. 그거를 상불이라 카고 중불이라 카는 거 중간에 암데나 입어도 되는 거 그거 몇 벌 했지. 여자 옷이 너무 곤란해도 안 되니까. 그래 그거 몇 벌 했지. 그거뿐이라. 가락지는 서 돈 해야 된다 이캐 사투만은. 금가락지 두 돈짜리. 부모가 하는 대로 하지 머. 우리가 뭐 말해야 되도 안 하고. 가락지는 대구 가서 사 왔다. 그짜 중앙통 거기.

장가가는 돈은 곡식을 내서 만들었습니까?

그렇지. 장에는 한 달에 한 번 가기나 두 번 가기나 그렇지. 주로 반야 월장이지. 가마 다른 건 못 사. 아부지가 뭐 까주고(뭘로) 했노 카마 절단 나거든. 그래 아무것도 못하고 고등어나 청어나 그거 한 마리나 사 오고 이랬지. 그때 고등어가 헐은 게. 고등어 한 손이 십원 했는가? 쌀 한 되가 이십원인가 그렇지 싶으다. 그래 아~들 둘이나 서이나 우~ 가 가지고 뭐하나 하면 다른 건 아무것도 없고 할마시들 떡 팔거든. 떡 반티(함지) 한 봉지 사 가지고 묵고. 그게 재미가 좋거든. 그래가 가을철 되면 고구마 한 번 사 가지고 먹고. 떡은 대략 시리(루)떡이지 콩 넜는 거. 나가 한 오십이 넘은 이런 사람들도 산에 나무지게 지고 팔로(러) 와가 시루떡 그걸 많이 사 먹어. 배가 고프니 그걸 먹으면 든든커든.

짚신은 언제까지 신었습니까?

짚신 아매(아마) 열다섯 살까지 신었어. 산에 나무하로(러) 가민(면) 서도 신고. 그 담에 왜놈 전쟁 나 가지고 치룰 때는 머 다른 물자가 있어야지. 고무신도 없어지고 그러이 새로 한 스무 살 넘도록 신고. 와라지 카면서 짚신 삼을 짚을 가지고 신 앞에 요래 지동(기둥) 세와(워) 가지고 신는 거, 요새 거트마(같으면) 고무 가주고 짜다라(많이) 안 해 샀나? 조리 같은 거 그거 니 가지고(난 뒤에) 짚신을 가지고 그놈을 해가. 그까지꺼 하루 신으마 없어지고 전다나(견다나). 신 때메(때문에) 고생 많이 했지. 삼동 마 맨발로 끄질고 댕기는 거 한 가지지 뭐.

그러면 운동화는 언제쯤?

운동화는 나기는(나오기는) 상당히 오래됐어요. 우리가 운동화 신는 거는 열입곱 살쯤 됐지. 짚신 고무신 신고 이캐 샀다가(이러다가) 어떻게 그거를 신고 저픈동(싶은지) 그때 참 도둑질을 다 했다. 도둑질을 우예 했냐 하면 우리끄징(끼리) 몇이 다섯이나 너이나 이래 자아~(장) 가 보자 했는데 운동화 그놈이 턱 나와가 판다고 있는데 그걸 보니 어떻게 신고 자픈동. 같이 갔는 아~들이 같이 탐을 냈어. 신 함 사 보자 카는 사람도 있고 마 까짓거 사면 뭐하노 여내(이내) 떨어지는데 [하기도 하고. 비가 (베로) 해 났거든. 탐이 나서 보고 있는데 얼매라 카더라. 집에 와 가지고 쌀로 서 된가 냈거든. 왜놈 전장 나가(나서) 이래 쌀(이럴) 때는 다른 거 뭐 물자가 있어야제. 쌀 서 되 도둑질했는 기라. 오매가 정제(부엌)에 있는데. "안 된다. 아부지한테 데등기마(들키면) 우얄라 카노?" "아부지한테 내 안 데등기구로 하꾸마." 그래가 쌀 서 되로 가지고 시장에 갔다. 이 장 아이고 저짝 장이 있거든. 오일장 아이가. 마실에서 벌라 캐도 안 되고. 대번 탈 나거든. 그래가 저짜 딴 자~ 가 가주고 샀는데 아 이노무 자식이 한 되만 있으면 되는데 그거를 쌀 서 되 값을 쳐 가주고 신을 주고 나머지기는 돈 내주고 가주(가져)가는데. 신 값은 얼맨동 그것도 모르겠고. 좋다고 이걸 가지고 집에 와 가지고 어매한테 꾸지람을 얼마나 들어났는동. "쌀로 공꼬로(공짜로) 두 되나 더 주고. 아부지한테 하나 사 돌라 카지." 막 야단을 치는데 꿈쩍을 모(못)하겠데. 그래 운동화카는 걸 하나 사 신어 봤어. 그 뒤에는 종종 보리나마(나면) 보리 그놈을, 보쌀 (보리쌀) 찌(찧어) 갖고는 안 되겠고 보리로 고마 밀(몇) 되 내주는 기라. 그래가 및 분 사 신어 봤어. 보리는 그때 서 되던가 두 되던가 그렇지 아 매. 우리야 값을 아나 그넘들 주는 대로 막 바꾸는 기라. 가져와 버리면 그만이라.

천은 집에서 짰습니까?

집에서 물레 돌리는 거는 삼, 무명 주로 그기지. 그걸 물레 돌리 가지고 (돌려서) 뽑아 냈고 그 외에는 되도(되지도) 안 하고. 우리 집 할마이 해방 후에도 내~ 물레 돌리고 했는데 뭐. 육이오 때 끊깃지 시푸다(싶다). 물레 돌린 기.

스물둘, 아내 몰래 만주로

만주에 가실 때가 몇 살쯤입니까?

스물두 살. 아까 내 캤는(이야기했던) 낫질카는 데 거게 [살던] 우리 고종이 편지가 왔더라. 큰형님보다 나이 한 살 많다. 안부 편지가 왔는데 주소를 보니까 만주라. 만주 저 목단강, 해림카는 데. 그 질로 에라이 이 노무 잡것 나도 한 번 가 보자 [했지]. 그래 가주고 음력 삼월 초열흘인가 열사흘인가 [집사람은] 고때 마침 친정 가고 없었다. 그래 뭐 간다 온다 말도 없이 집에서 가마이(몰래) 튀 나와 가지고 대구 와서 서울로 가이. 그때 여서 아홉신가 얼매 돼 갖고 차 타고 가 놓으이 거서 여섯시 내려 갖고 목단강 갈라카이꺼내 여내(이내) 또 차가 있두만. 그래 어제 지녁도 안 먹었제, 차깐(차)에 오면서 암꾸나(아무거나) 묵자(먹자) 카고 거 올라가이 차깐에 밥 파는 게 있데 진밥(김밥). 그때노 짐밥 그걸 해 가지고 팔아. 그걸 사 가지고 먹고 올라가이 아이 이노무 자슥 두만강 건너가이 내리라 카데 고마 못 가도록. 니리가 차는 갔부고 강 건너 가서 타라 카는 거라. 강을 다리로 [걸어서] 건너가는데 보이(보니께) 진부 봄띠(봄) 소사를 다 하는 기라 (허리춤을 만지며) 몸띠 여를. 그러이 해나(혹시나) 뭐 다른 거 가지고 가는 기 있는가. 사람 마중(마다) 조사를 받고 다리꺼래(부근에) 건너가니까 도문(圖們)카는 덴데 어데가 어덴동 그것두 알

수가 없고. 도문 거가 중국인데 거서 식당 드가 가지고 밥이라고 이 [벽
에] 써 놨는데 이것 돌라카이 우리 같으만 호박죽 끼린(끓인) 택(셈)이지.
쌀 여(넣어) 가주고 그기 밥이라고 생각하는데. 아이 그넘을 먹고 한참을
있으니까 차 간다 카데. 도문서 목단강 니러 가는데 이틀밤, 사흘을 갔
어. 그만치 올라가는데 그 차깐에 가민서 내~ 잤어. 우리 고종이 내 어느
날 간다 카는 거 그것만 알았지 어데 뭐 중간에 가다 전화를 할 수 있나.
요새 거트마(같으면) 전화나 가(가지고) 댕기지(다니지). 그기 있나, 저
짝 전화번호도 모르지. 주소만, 인제 해림 주소만 가주고 그래가 거 목단
강 들어가 가주고 하룻밤 잤다. 차도 없어 가주고 하룻밤 자고 거서 물었
어. 차표를 가지고 표 파는 데 거 가 가주고 자꾸 물어 가주고 그래 [차를]
탔는데. 목단강에서 해림 오는 그 선로는 뭐냐 하면 하얼삔서 오는 선로
라. 하얼삔서 봉천꺼지 오는 거라. 내려와 가지고 다부(도로) 올라가는
그 선로라. 그래 찾아가 놓으이꺼네. 우리 형님이 [그곳에서] 철도에 선
을 새로 하나 잡았어. 거 인자 한 구(區)를 띠 가지고 청부업을 하는 기라.
그걸 하는데 거가(거기가) (팔을 양쪽으로 벌려서 안으며) 햐 이런 나무
가 마 꽉 채여 있어요. 우리 독립군들이 거 안에 몰리가(몰려) 있는 숲속
인데 그 숲속에는 왜놈 드가면 죽는 기라. 나무 속에 딱 있다가 마마 확
찔러 뿌만(버리면) 그건 죽는 기지. 총 땡기만 소리가 나이꺼내(나나까)
나무 조 숨어 있다가 길길이 찔러. 그러이 그 나무 전부 가지쳐 낼라고 그
래 철도 공사를 하는 기라. 그래가 그런 이야기를 하미 요 울로는 갈 생각
하지 마라 카는 거라. "가만 안 된다" 그래. 그 일로 내~ 했는데 열 달
만에 나왔는데 돈 백원을 주더란 말이라. 그때 돈 백원이면 컸지. 그 백
원을 받아가 여 나와가 농사짓지. 농사를 두 해 짓고 그래 끌리갔잖아.

중국 가서 돈 벌어 가지고 논 사고?

너 마지기 되지. 너 마지기가 말이 너 마지기지 육백팔십 평인가 그렇 거든. 팔십칠원인가 팔십오원인가 그래 주고 샀어. 그래가 돈이 한 이만 (십)원 남았잖아. 남은 돈 그거 가지고 먹고 사지(살지).

열 달 일하실 때 하루 생활은 어땠습니까?

일꾼들이 많~앴어. 거게 흙 모데기(무더기) 모다고(모으고) 하는 거는 전부 중국인이거든. 인자 뭐 공구리(골조)하고 이런 거는 우리 한국서 오 는 사람이지. 중국 같으면 하얼삔이라고. 하얼삔 가만 여기 일자리 보면 서 철도니까 하바(넓이)가 얼매, 고(높이)가 얼매고, 얼매 도와 조야(돈 워야) 되고 고걸 서류를 딱 맨들어 갖고 기 중국 구비(組)라 칸다. 저거 다 하는 그기 있거든. 집짓는 사람 집 그거 하고 뭐 얼매(얼마) 든다 머 얼매 든다 그거 매로(처럼). 임마들도 그걸 딱 보고 아~ 및이, 백 명 가면 되겠 다, 이백 명 가면 되겠다, 열 매칠 걸리면 된다. 인제 고래 가지고 모이가 잘해. 딱 띠(떼어) 주면 잘한다 카이. 백 명 채우면(필요하다면) 백 명 오 고 이백 명 채우면 이백 명 오고 삼백 명이면 삼백 명 오고, 나는 사무실 에 거게 심부름(使童)이 돼가(되어) 있었어. 그래 심부름하고. 난제 그거 공사 다 하고 나서 띠(떼)를 입혔어. 그기 어 같으만 한 삼 키로? 십 리 좀 안 돼. 고 중간에 있는 데 거 띠 입히라 카데. 띠 입히는 거 할 줄 아니까. 그러이 한짝에 서이쓱 여섯이. 띠 떼다가 그래 하는 기 아니고 그걸 바람 불만 [흙이] 안 날라(날아)가게 할라고 풀 비(베어) 가지고 농 갈라(나눠) 가지고 요래요래 쪽 피(펴)놓고 묶고, 요 밑에 또 한쪽에 해기 또 묶고 모 아 놓고. 우에(위) 덴비부터 딱 요래가 해 놓고 그 밑에 딱 줄을 마차서(맞 추어서) 해 놓고 층수 마차서 해.

밥 먹고 하는 건 어떻게 해결했습니까?

나는 형님 식사하는 데 거서 하고 다른 사람은 식당이 있거든. 따라댕기면서 밥해가 주는, 그 자리에서 밥 지어 가지고. 거 가만 마마 이런 기(나무가) 있거든. 그놈 비다가(베어다가) 가라가(가리고).

아침 몇시부터 일을 시작합니까?

대략 아침에 현장 나가는 기 일곱시 반이지. 오후에는 다섯시. [마치면] 화토(투) 마이(많이) 놀았지. 그때나 지금이나 어데(어디) 돈벌이 간다는 기 노름해가(해서) 돈 딸라고 그러지. 복장이 그런 복장이 많애. 일본 가서도 그렇고 만주 가서도 그렇고. 고마 저녁 먹고 나만 앉아서 화토치는 게 일이라. 그러이 거 일거 뿌만(잃으면) 만날 맨주먹이지. 따는 놈은 좀 따고. 지금 경로당도 가만(면) 앉으만 화토 치고 그래. 나는 그런 거 본데 하지도 안 하고 배우지도 안 하고. 밤에는 눕어 잘래기지.

담배는 몇 살 때 피웠습니까?

담배[는] 참 일찍 배웠어. 열두 살 땐가 배웠어. 친구가 둘이가 있는데 이 사람들이 열댓 살 이래 됐는데 기어이 피우라고 그래. 그래 피워 보니 독하고 재채기 나고 그래. "그러면 안 된다. 니 그래 하는 거 한 열흘 만이래 피워 보라. 아무 일 없다. 달다"고 [해]. 느거는(너희들은) 이거 무이(먹으니) 다나 카이 "달지, 달싹한 때무로(때문에) 묵지"이카거든. 자꾸 퍼(피워) 보고 하니 배웠는 기라.

요즈음 같은 모양입니까?

아니라. 무신(무슨) 조~(종이)라 카마 뚤뚤 말아 가지고. 주로 저 봉초(봉지에 담은 담배), 나(나이) 많은 어른들 댓담배 폈는 거 그긴데 그것도 돈 없으니 몬 사 묵지. 사 물 수 있나. 그리 푸니까 열세 살 열네 살 되니까 배워졌는데. 거 조~ 와. 담배 봉다리(봉지) 커다란 거 그거 가시개(가위) 로 짜잘하게 오리 가주고(오려서) 그래가 말아 가지고 풋고(피우고). 꽉 담배카는 거는 내가 열아홉 살 장가갔는데 그해부터 폈네. 그때 담배포 가 있었거든. 한 마실에 두 개 있는 마실 있고. 하나 있는 거 있고. 숙천에 거는 도로가거든. 도로가는 두 개라. 담배값은 오전(錢)짜리가 있고 이 전짜리가 있고. 이전짜리는 개수가 다섯 갠가 고렇다. 그거는 얼라들 푼 다 카는 그런 기고. 그 담쩍에(다음에) 조금 거한 거 핀 기 십원짜린가? 십원짜리가 상당히 오래 갔다. 이름도 잊어버렸다. 오원짜리가 있었고. 오원짜리도 [한 갑에 한 다섯 갠가? 그걸 달래 가지고(딜라고 해서) 뿌라 가(분질러서) 동가리(동강) 내 가지고 풋고. [웃음] 불은 부싯돌. 그기 라 이타거든. 성냥 가(가지고) 댕기면 어른들한테 대댕기서(들켜서) 안 된 다 카이. 부싯돌 돌로 딱 치면 히히.

술은?

열아홉 살 되어가 중신하니 어쩌이저쩌이 그런 말이 듣기가 친구들이 만나 가지고. "술 한 잔 하쟈" 내가 술 안 먹는다 카이 "아~ 장가갈라 하면 술 한잔 해야 된다" 이래 가주고 한 잔 한 잔 묵는 기 고마 술 묵기 시작해 가주고 오늘까지 안 끊어지고 내~ 기양(그냥) 묷지(마셨지). 그 때 시작해 가주고 삼통(계속). 참 술 많이 묷어. 담배, 술 이거 참 사람에 게 숭악한 긴데 그기 합 시작히이, 길이 들려 노이 안 떨어지데 참.

첫 아이는 몇 살에 낳았습니까?

할마시 시집오(와) 가주고 아도 못 놓고 그랬는데 장개가고 나서 삼 년

만에 났어. 내가 징용갈 임시 우리 딸아가 돌 안 지냈더라. 넬 돌이다 이
래 샀다(이랬다). 넬 돌인데 돌 치레고나(치루고나) 가면 어떠나 캤는데.
집에서 낳았지. 우리 집 할마이가 아~를 아들 여섯 딸 둘, 여덟 나도(낳아
도) 산파도 모(못)하고 병원에 가고 그런 거 없었다. 집에서 놓고 다 치았
고(치웠고). [나야] 뭐 들에 나가 뿌고(버리고) 그렇지 뭐. [집에는] 우리
집 오매 있거든.

   금줄은 쳤습니까?
   그기 뭐 금줄 친다고 되는 기가. 금줄 안 쳐도 되지. [백일도] 뭐 아주 무
폐하게 지냈지. 생일이라 하믄 고마 저그매(제 엄마)가 알고 소고기 한
근 끓여가 국 한 그릇 떠 주고 어짜다(어쩌다) 보면 닭을 한 마리 잡아 가
주고 그래 주고 다른 건 안 했는데. 내야 뭐 날짜가 언젠지도 모르지. 우
예든지 우리 집 할마이가 대단해. 혼자서 다 하고 했는데.

   농사지으면 양식은 풍족했습니까?
   그래 풍족 몬했지. 보리를 마이 묵어. 일 년 내~ 보리를 무야 돼. 쌀은
일 년내~ 못 묵어요. 왜냐하면 쌀은 한두 되를 내마(팔면) 돈이 되거든.
그래 내 가주고(팔아서) 푼돈 씨고(쓰고) 뭐하고. 이놈 거름을 한 포 사도
쌀을 내야 사고. 이러이 쌀은 아주 귀하기 이기고(여기고) 보리는 쌀보다
좀 천하거든. 천하니까 보리를 많이 묵는 기라. 촌에 농사하는 사람 대략
그래 살아.

2. 서로가 한스럽다

스물넷, 징용 끌려가다

징용이 천구백사십사년 스물네 살 때?

예. 이 집에서 끌려갔어요. 우리가 처음 집 나서기는 유월 이십팔일 그렇지 아매(아마). 유월 이십팔일날 집을 나서 가가 면(面. 면사무소)에 가 가지고 면에 소집된 사람 모다(모아) 가지고 [군(郡)에 갔지]. 그때 대략 우리 면에는 서른둘이고 다른 데 인구 많은 데는 서른여섯 되는 데도 있고 서른 되는 데도 있고 뭐 열아홉 되는 데도 있고. (소장하고 있던 『태평양동지회록』을 펼쳐 보이며) 여 적혀 있어. 아침도 안 먹고 붙들리 갔거든. 임마들이 아침에 끌복에 여 와 가지고 바라코(기다리고) 있고 면 직원 한 넘(놈) 들어와 가지고 [불러내고]. 경찰은 둘이 양짝에[서] 티만(도망치면) 막을라고 방천에 저게 하나 서 있고 하나는 여 밑에 내리와서 마실 경계 어디 가서 바라코 있고. 나는 보니 대븐(대번) 알겠더라고. 그랬는데 그 면직원 하는 놈이 우리 마실 담임이라. 이 근방 마실에 사는 사람인데 내보다 세 살인가 우에 기든. 이 사람이 대븐 들어오디만은 "가자, 쌔기(빨리) 가자" 카는 기라. 그래 내가 아직(아침)이나 좀 묵고 가입시다(갑시다) 하니까 면에 디 헤 넜다고 가사 뎅기는(당기는) 기라. 이렇게 무례힐 수가 있나, 하니 일이 바쁘다 카는 기라. 밥이나 미기

오키나와에 징용되었던 경산지역 사람들의 모임인 태평양동지회의 『태평양동지회록』 표지.

(먹여) 놓고 해야 될 거 아니냐 [하니] "밥 다 준비해 놨다" 카는 거라. 그래 여 안심면이 제일 끈티거든(끝이거든). 이짝은 하양이고. 여 니리 가면서 인자 마실 사람 하나쓱 모다(모아) 가주고 가는데 차가 있나? 걸 어서 내려가니까 많이 와가 있고 한참 있으니까 다 모이데. 서른둘이 다 모있는데 아직이라고 주는 기 참 보릿고개라 카디 보리밥이거든. 그때 칠월인데 보리밥 주먹밥 해가(해서) 주민서(주면서) 먹어라 카는 기라. 그노무(그놈의) 대접이 딴 데는 안 그렇던데. 딴 데 들어보니까 와~ 대접 잘하더란다. 저 우에 봉화, 예천 저서는 밥도 쌀밥으로 해 가주고 아직 한 때(끼)는 잘 얻어먹었다 카데. 이놈의 자슥 군(郡)에 오니까 고마 안 그렇 다 카는 기라. 군에는 뭐뭐 우리 군에도 삼백이십팔 명인가 됐는데 그러 이까 다 그래 되는 기라. 그 소리 듣고 '이노무 새끼 참 나쁜 짓을 했다. 왜놈한테 붙어 가지고 우리는 죽이고 너거는 잘살고 [싶었지]. [이 일은] 도지사가 함부래 그래 맨들었는 기라. [당시] 도지사가 가네시로 다이꼬 거든 금성대호. 의성 김씨라.[13] 의성 김씨를 전부 금성이라 캅니다. 그 사 람이 멀 했노 카면 여게(여기) 도지사로 오기 전에 영덕선가 어데 군수를 했어. 군수 하다 갑자기 도지사 됐는데 우에 됐노? 일본 천황한테 아주 참 좋은 그걸 했거든. 그 가래라 고분(우리 국민)은 저 충성을 다해서 나 라에 바치겠다. 처음에 그래 놓고 이회에 가서 우리는 목숨을 다해 일본 을 도와주겠다. 도와주겠다 이게 아니고 일본을 도와서 일을 하겠다. 이 래가 시나(셋) 나나(넷) 짼가 그마이 여 조목했거든.[14] 그걸 우리 가기 전 에 외우라고 했거든. 그걸 좀 외았는 사람은 덜 하고 그걸 못 외우만 배급 안 준다 카고 이런 장난을 했다고. 그걸 잘했다고 총독한테 올리면은 우 리 총독이 일본 천황한드로(에게) 보냈는 기라. 우리 한국. 우리 조선 사

람 아무개가 군수로 이렇게 좋은 다짐, 국민 다짐 받고 한다. 그래 대븐에
그 왕, 소화한테로 연락을 해가 총독부로 연락을 해가 그 사람 그 자리에
두지 말고 높은 데로 임기라. 그래가 그게 도지사 돼가 왔는 기라. 내가
그런 거 상세히 알지 그거 모르는 사람 많다, 여 도지사로 와 갖고 그해
봄? 그기 삼월 말인가 사월 촌가 그렇지 아매. 그때 남 총독, 미나마 쇼도
꾸라고 남총독이 마 하야 했는 택이지. 그래 돼 놓으니 이기 고마 마 도지
사가 됐는데 팔자 고쳤는 기라. 군수 하다가 경북 도지사 돼 오이(오니)
말할 거 있나. 이래 봐 놓으이 그 회의로(를) 사월 초에 [했지]. 왜놈들은
사월 되만 새해거든. 사월꺼정(까지) 묵은 옷을 입다가 옷도 같이 입기
든. 여름 철 옷 입고 시월 되만 겨울옷 입고. 정복을 그레 입는데 그래가
학교 드가는 것도 사월 일일부터 드가고 졸업도 이래 하고. 그래 그게 사
월 미츷날(며칠)이고? 이일이라 카던가 삼일인가 카던데 남(南) 총독은
갈리서(갈려) 드갔 부고(들어가 버리고) 새 사람이 왔는데 이름이 뭐라
더라? 생각 안 하이 모르겠다. 이넘이 들어와 갖고 그때 인자 협의회 의
원이라 카는 게 있었어. 각 군에 두 사람쓱. 요새 같으면 국회의원 이런
택이지. 그래 각 군에 그 의원이 있는데 그 위원장이 한 도에 하나쓱 돼가
있거든. [그걸] 도 협의의원 칸다.[15] 각 도에 협의회 회장을 한 사람씩, 거
지방 장관을 다 부른 택이거든. 그래 가지고 총독부에서 모이 가지고 회
의를 하면서 "지금은 시대가 전신데 사람이 필요하다. 우리가 동원을
좀 많이 시켜 줘야 되겠다" 이래. 전에부터 보국대 간다 뭐 간다 그랬
는네 그때는 붙들어 가고 이런 거는 없었지. 그저 오라 카만 한 마실에 하
나쓱 불쑥 오라 캐가 가자 카고 그랬는데. 우리 마실도 그랬는데. 그래
다른 도의 도지사들은 가만히 듣고만 있는 기라. 거 인제 우리 도지사 그

사람은, "그거 참 좋은 일인데 우리 그래 해야 안 되겠십니까? 그래야 전쟁을 이기지. 이기게 할라 카만 사람을 동원을 시키야 안 되겠나." "그렇지 경북 도지사가 참 과연! 말 한 마디라도 속이 시원하다" 이래 됐는 기라. 이렇기 찬사를 받아 났시(났으니) 우얄(어떻게 할) 도리가 없는 거라. 이놈이 꼼짝 못하는 거라. 여여 뒤에 말 들으 보이 [그래]. "경북은 동원을 얼매 시킬라 카나? 다는 못하고 한 사천 정도는 해야 안 되겠나. 하겠나?" "뭐 하지." 대븐 이래 됐 붓는 기라. 그래, '나(나이)는 우에 되노?' 나 많은 사람 델고 가면 안 되거든. 일 못한다 말이라. "나이 많은 사람들은 집에 농사도 짓고 젊은 사람 스물세 살서 스물여덟 살까지 고 사람들 도고(다오)." 그때 모심기 한창 하고 이럴 땐데 나 많은 사람 가 놓으만 일도 올키(옳게) 몬하고 집에 일도 지장 있고, 집에 농사짓고 하는 사람들은 나이 좀 많아도 되니까 "그래 해라." 그래 각 군에 통기(통지)를 했는 기라. 그래도 나이 사십 넘은 사람이 몇이나 있어. "우에 돼가 나이 그렇게 많은데 왔노?" 카이 "아들 하나뿐인데, 아들이 나이 올개(올해) 스물두 살인데 도저히 못 보내서[보내고], 내가 우에 살겠노 싶어 가지고" [왔다고 해]. 처음에 갈 때는 대략 만주 구경 간다, 중국 구경한다 이캤어. 그 사람도 역시 그래 가지고 그거 아직 장개도 안 들이고 보내가 우야겠노, 내가 잠이 오겠나, 내가 대신 가믄 안 되겠나 캐가 아~는 숨었 부라 카고 왔다[는 거지]. 또 히(형) 동생 바긴(바뀐) 거, 동생이 스물다섯 여섯 이래 됐는 사람이 금방 장개 가 가지고 아직 안 왔다 이기라. 장개 가 가주고 처갓집에 있고 안 왔다 카는 기라. 그래 할 수 없이 내가 왔다. 이런 것도 있고. 이래가 나이 차가 난 기라. 우리가 칠월 이십오일날 대구서 출발했거든. 칠월 이일날 인자 신체검사로(를) 하고. 신체검사 그거는 아무것도 아니고 다리 다치고 손 다치고 뭐 팔띠(팔뚝에) 병 나고 그런 거는 그저 들어오는 거 보만 알거든. 그런 거는 완전히 재낐 부고(밀쳐 두고) 그 다음에 뭐를 검사하노 카만 거 똥 구멍 달다(들여다) 봐요. 왜놈들은 치질 그걸 제일 겁내거든. 피똥 싸는 거 그걸 머라 카노?

이질이요.

우리나라 사람은 그거 병도 안 되는 기라. 그 사람들은 그걸 아주 중하게 한다. 저거 나라에서는 마 그거 걸리면 사람 저가(져서) 산에 가(가서) 막(幕) 쳐 가지고 내놨 부리. 똥 누는 데서 그거 건넨다 그카데. 그래 가주고 그 검사뿐이라. 하루 두 중대쓱 이들 보는데 거 사(네)개 중대거든. 한 중대 삼천칠백팔십 명 그래 됐습니다. 다른 거는 아무것도 없어요. 단지 그 검사뿐이지. [또] 안 다치고 팔띠기나 다리나 못 쓰는 거 그런 거 안 있나, 그런 사람이 수타(꽤 많이) 왔는데 제외됐 부고. 그래가 거서 그날 삼천오백이라. 그 나머지기는 전부 다 보냈 부고. 그걸 모다 가지고(모아서) 사 개 중대로 노나(나눠) 가지고 나는 삼중대. 일중대는 달성군 칠곡군 영천군. 그걸 제일 먼저 뽑았어. 그 다음에 인자 이중대는 청도 경주 예천, 외성. 인구가 많은 거는 삼(세) 군쓱 해 가지고. 우리는 삼중댄데 경산군 저저 영양군. [그리고는] 군위도 몇이 안 되고 고령도 몇이 안 되고. 스물몇이밖에 안 돼. 안동이 적은데 아무리 생각해도 이상해. (가지고 있던 『선박규(오키나와)유수명부』를 펼쳐 보이며) 여 책에 보만 안동이 한 삼십 명밖에 안 돼. 삼십칠 명이둥가 그래밖에 안 돼. 김천도 한 사십 명, 한 오십 명밖에 안 돼. 그런데 그 위에 봉화 예천 문경 영주 글로는 보만 사람 많애. 그래는 다 사람 이백 명, 삼백 명쓱 적혔는데.

절반이 죽고 절반만 살아왔는데

그래가 참 고생을 하다가 똑 절반이 죽고 절반이 살아왔는데. 우에 돼가 그렇노 카믄 첨에 여서 [배] 타고 하관(下關.시모노세키)서 모지(門司)카는 데 건네 가는데 문사카는 데 그기 군용지라, 전부 군대물자 군용하는. 그래 건네가 가주고 거서 타고 오키나와 도착하니까 딱 열흘간이라. 밤 열흘 낮 열흘간이라. 여서 칠월달 삼십일일날 탔는데 오키나와 도착하니까 팔월 십일이라 카이. 딱 열흘 걸려. 팔월 십일 돼가 오끼니와 내리(내려) 가지고 전부 짐 들어오는 거 그거 풀고 굴 파고. 우리 삼중대는 내~ 배 저짝 가서 그래 하다가 하이까네(하다 보니) 시월 십일날 첫 공십(습)이라. 거 가서 처음이라. 집에서 떠나고 두 달 만이라. 양력 시월 십일날. 그때 여섯시 반인가? 공습이 왔는데 아침에 자고 나니 천장이 까마이(까맣게) 해가(해서) 마 들어오는데 전신에 불바다 돼. 배에다 실었는 거 전부 불 나. 배부터 짐부터 끊어 뿌이 꼼짝을 못하는 기라. 그래 가지고 그때 우리가 팔십서이가 죽었어. 왜놈들도 많이 죽었고. 거 총대 메고 캐 샀타가(하다가) 총대가 어딨노?

신체검사하고 부산에 배 타러 갈 때까지 이야기 좀 해주십시오.

우리가 칠월 이십오일날 전부 검사해 가지고 [짐을 챙기니] 물자가 사십몇 가지나 돼. 다치만, 뭐 팔따나 다리 같은 데 맞으만 피가 잘 안 나오도록 대븐 이래 감아 가지고 하라고 가제, 그걸 약을 묻히 가지고 똘똘 말았는데 (손가락 두 개를 펴 보이며) 똑 요만하다. 뭉텅이(뭉치)를 요만하게 했는데 이기 풀만(풀면) 굉장히 크다 카이. 이거는 약품인데 어데(어디) 널쩌서(떨어져서) 다치던동 어데 총을 맞아서 다치든 피가 쭐 나오면

피 막는 기라요. 그래 함부러 여서 카데. 피 임시 막는 긴데 절대 일가 뿌만(잃으면) 안 된데이. 딱 하나뿐이 두나(둘) 주는 게 없으니까. 그러이 그것꺼정 받고 뭐했는 기 서른여덟 가지던가 서른아홉 가지던가 고만히(고만큼) 돼.

붕대 말고 또 기억나는 것은?

약품은 그거뿐이고 그 다음에 의복, 신발, 일본 그거 해주거든, 모자, 에 또 그 다음에는 뭐 식기 그릇, 힝고하고 물품 옜는(넣는) 거 보따리 그거하고. 전부 서른여덟 가진가 그렇더라. 그런데 고기 물자가 우엣노카이 하루 두 가지

『선박군(오키나와)유수명부 (船舶軍(沖繩)留守名簿)4』. 구술자가 1993년 4월 29일 정부기록보존소 부산지소에 보관된 마이크로 필름으로부터 복사해 온 것이다.

세 가지 나오는 날도 있고 하루 한 가지 나오는 날도 있고. 그기 사람들 삼천 명[분]을 한목(한꺼번에) 어데 다 임시에 준비해 놨던 거도 아이고. 그러이 인자 하나씩 돌아가도록 해줄라 카이. 대븐 우리가 그렇게 생각이 나더라 카이. 중대별로 일중내 오늘 쉈으만 이중대 내일 주고. 하루[에] 물자 그거 다 못 나오거든. 그러이 날짜가 그만치 걸리는 기라. 이십오 일 동안. "대구서 그만치 안 있었다" 이카는 사람도 있고 "아이고 등신들아 너거 물자 받은 거 택대(가늠해) 뵈라. 지금 세알리(헤아려) 봐라. 물자 서른 몇 가지 아니더나?" "하 참 그래 되겠네요. 아이고" 그카고 치았다. 그래 갖고 이십사일날 대구 연병장 알지요? 거서 인자 물자 받았는 거 숫자가 맞나 빠졌 붓는(빠뜨린) 기 있나 전부 검사하더라만은.

그거를 하는데 쭉 세아(세워) 놓고 앞으로 나라이(나란히) 그걸 하다만 거 앉으라 카데. [그러고는] 쭉 보따리 짊어지고 가라 카데. 짊어지고 가만 보따리 내놓고 물자를 전부 내노라 이기라. 그기 인자 검사하는 긴데 하내이(하나가) 댕기면(다니면) 한 정도 없지. 여럿이 댕기면서 요래요래 여서 저 끝에 가면서 쭉 그걸 인자 감시로 한다 말이라. "이상이 없다" 이카데. 들어왔는데 그날 저녁에 술을 한 잔 가주(가져)오데. 그것도 군대별로 달라. 주는 것도 있고 안 주는 것도 있고. 술 구경도 못했는 사람 있을 거야. 우리 분대장이 아주 야물고 똑똑한 놈이더라. 그래 우에 됐든동 술로 가져와 가지고 고, 밥 묵는 항구(고) 따까리(뚜껑) 고 전부 띠(떼어) 내라 카데. 아이(아직) 거 밥도 안 받아 무(먹어) 봤거든. 쥐고 있으니 술로, 그기 알고 보이 일본서 아오모리라고 소준데, 우리 여여 소주랑 똑같은 긴데 여보다 아오모리가 더 독한데 생전 첨 무(먹어) 봤지. 그게[를] 항구 따까리 쥐고 있으라 카고 쪼매쓱쪼매쓱 부(부어) 주는 기라. 그래 저도 한 잔 묵고. 그러고 있다가 아침밥 묵고 나이 오늘 출발한다 카데. 그래 갈키 줬는 기라. 그전에는 절대 간다 온다 아무 말도 없었는데. 그래 가주고 오후에 점심꺼지(까지) 묵고 출발한다 카면서 나섰는데. 간다 카는 거를 배끝(바깥)에서는 우에 알았던동. 사람들이 중앙통으로 그래 들어왔거든. 우리가 저저 사범학교 앞에 상업학교 앞에 담 새(사이)거든. 담 양짝 그래 보고 우리 삼중대가 고기 있고. 그러이 거서 나와 갖고 중앙통 나오면은 반월당, 반월당 못 돼서 고 내려가만 염매시장 골목 고리고리 나오데. 거서 인자 사(네) 줄로 세아 갖고(세워서) 그래 나갔는데 쫙 뺏챘지(뻗쳤지) 뭐. 거 나올 때 머이(먼저) 나온 거는 하매(하마) 역전 댔을 거라(닿았을 거라). 사람들이 우에 그렇게 왔던동. 한 집에

둘도 오고 서이도 오고. 뭐 우에 날짜를 알았던동 거 이상하데? 그래 사람 볼라고 쫓아댕기다가 사람[이] 비야(보여야) 말이지. 이넘들은 말 타고 양짝에 줄로, 얼매 안 떨어졌어. 한 이십 보 정도 떨어져 가지고 이래이래 서고 경찰들은 양짝에 총총 서고. 그래가 막 뛰(뛰어)가. 우에 아는 사람 하나 봤든동, 서로 우에 만났든동 와서 땡기니까 어디 있노 쫓아와가 탁 밀어냈 부고. 그땐 절대 손 못 잡으러(게) 하는 기라. 손 잡으면 끌리가(끌려서) 골목에 헤어지면 할 수 있나? 그러니까 사람 상대 못하도록 딱 금지를 해 가지고 그냥···. 그래 대구 역전에 가 보니까 삥 새끼로 둘러놨더라고. 양쪽에 새끼 쳐 놓고 복판에 그거 하고 보러 온 사람이 양짝에. 거서 그캤다(그렇게 말했다). 차 오는 거 보만 어디로 가는가 안디. 그래 모두 "만주 가지 딴 데 어디 가겠나? 만주 갈 끼다. 틀림없다. 차가 부산서 올 기다." "그래 부산서 오만 만주로 가는 기고 차가 만일 김천서 내리오만 저 저 남양군도 간다. 거 갈라는지 모르지"[싫었에]. 남양군도 거도 많이 갔거든. 우리매로(처럼) 이래 갔는 기 아니고 거~는 모집. 한 번에 뭐 이백 명도 하고 삼백 명도 하고 모집을 그래 많이 갔다 카이. 그 사람들 많이 죽었다 캐사티(하더니) 전부 돈 다 받아 먹었어. 한 달에 오만원쓱 전부 다 받았어.[16] 그런데 우리는···.

강제징용은 그때가 처음입니다 그지요?

그런데 여 임마들 이래 놨어요. 강제징용 당했는데 강제징용 당한 거 그거 안 하고 (정부기록문서 복사본을 펼쳐 보이며) 요기요기 다 나와. 첫머리 요거 하나 써 가지고.[17] 요 똑같은 기라 요 육십원이라.

아, 육십원을 공탁했다는 공탁번호겠네요 요거는?

백이십원이거든. 백이십원 준다 캤거든 대구서. 내가 우리 변호사한 테 물었거든 다까이[라고]. 우리 백이십원이라 캤는데 우에 가지고 육십 원이 됐노? 하니 "어이 등신아" 이카거든. 한국서 여 들어와 가지고 돈 그거 할 때 뭐라 칼까 싶어서 반틈 공탁 다 해 났다.[18] 일본정부에서 공탁 다 해 났는 모양이다. 그래 가르쳐 주데. 그걸 가지고 와 가지고 저 고속 도로 닦고.

연병장에 가시기 전, 면에 가서 연병장에 집합하기 전까지는 어떻게 했습니까?

집합하기 전까지는 역 앞에 공회당 있었어. 그거 뜯었 부고 지금 저 짜 로안 임깃나. 전에는 이짝에 있었거든. 그래 경산군에서 오후 세신가 출 발해 가지고 삼통 거 걸어갔거든. 그때 차가 있나 뭐, 그만히(그만큼) 탈 차도 준비도 안 되고 차도 없제 이러니까 삼통 철도로 걸어서 그래 가 놓 으이 철도 따라오면서 모도(모두) '여보' 캐 샀코(부르고) 야단이라. 그래 사티만(그러더니만) 거서 드(들어)가니까 그때가 한 여섯시 반? 일 곱시 가까이 됐지. 어느 놈이 부지런히 가나? 가다 쉬고 가다 쉬고 담배 한 대 풋고(피우고) 가고. 그래가 공회당에 가이 여내(이내) 저녁 주데. 그래 저녁 먹고 거 자고 이튿날 연병장에 검사를 갔다 카이.

저녁은 뭐 줍디까?

저녁은 뭐 그저 밥해가 짐치(김치)하고. 우리 집에 하고 한가지지. 집 에매로(집처럼). 그런데 다꽝(단무지) 무시(무우)짐치라 카나 그거 해 가. 누런 그거 쪼가리 있고 별거 어딨어? 뭐 미러치(멸치) 복거(볶아) 가 지고 이래 했는 거하고 그뿐인데. 그래가 이튿날 아침에도 주고 저녁에도 주고 그랬는데 머 '잘 준다. 못 준다' 본대 그런 말은 할 필요도 없고 해봐야 소용도 없고. 심줄(힘줄)을 딱 감았붓는데 그런 소리할 필요없다 말이라. 그래 가지고 주는 대로 묵고 마 가만히 입도 안 띠(떼)지. "가자" 카만 가고 "있으라" 카만 있고. 그래 지내다가 이튿날 검사 간다 카면서 연병장 가는 데 거도 삼통 걸거든. 연병장 거는 또 어디고 카만 앞산 밑에 비행장 돼가 있제?

예, 헬리콥터 비행장.

그게 그때 저 왜놈들 훈련장이거든, 군대훈련소. 그거 팔십연대(聯隊) 라 안 캤나. 거 드가서 인자 아까 카듯이(말하듯이) 몸 성한 놈은 본데 검사할 거도 없고 딘지 아랫노리 빗기(벗겨) 보고 지질(이질)걸 리가 똥 궁디(엉덩이) 피 묻었으만 이거는 마 대번 내 보낸다. 그거 외에는 아무것도 없어요. 검사라 캐도 뭐 그 저 팔띠기 이래 털어 보고 치아 뿌고(치워 버리고). [웃음] 그래 가지고 인자 거서 검사를 마치고 들어왔는 것이 중학교 아니가. 해방되고 고등학교 됐지 그때는 중학교거든. 그기 학교도 임시중단을 시켜 놨어. 그래가 인자 학생들 다 비았 부고 우리가 드가 있었는데 어느 중대는 어디로 드간다까지 그걸 다 해 놨어. 여 농림학교카는 기 저 신천둥 거.

대구은행 본점 있는 곳이요?

거 너르거든. 그게 학교 하나에 두 부대가 드갔단 말이라. 일부대도 거기 드갔고 저 사부대도 거 있다가 학교가 하나 모지래(모자라) 가주고 이 중대는 저 사범학교 앞에 고짜(고기) 가만(가면) 경북고등학교 고 있다. 저리 안 옮겼나. 우리는 삼중대니까 뒤에 그 상고하고 사범하고 고 있었

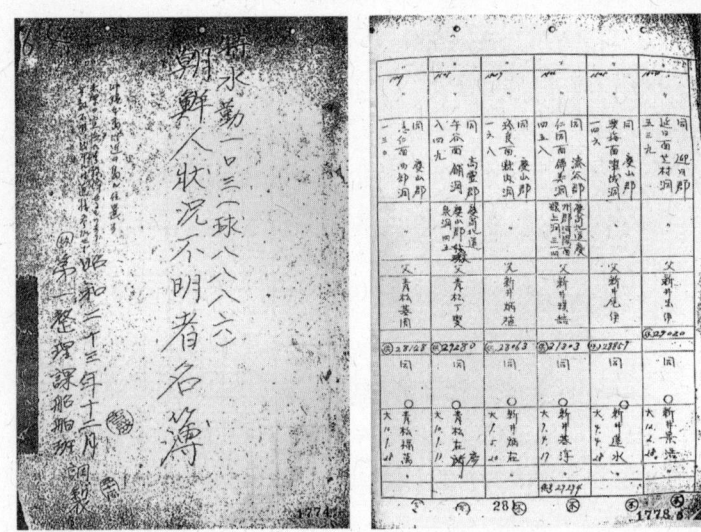

『선박군 유수명부(船舶軍(沖繩)留守名簿)4』에 남아 있는 구술자의 급여공탁기록.
창씨명 靑松在彦으로 되어 있다.

어. 그래 가지고 갔는데. 난제(나중에) 보이 낮에 밥 묵고 나면 훈련도 별로 없거든. 밥 먹고 아침 절에 운동장 거 나가서 맥지(괜히) "이리 돌아 뒤로 돌아 앞으로 가" 카는 거 그거 얼매(얼마) 하다가. 방에 내~ 들어앉아 있으면 군소리하고 안 되거든. 그러이까네(그러니까) 바깥에 들고(데리고) 나가 가주고 왔다갔다 카는 그걸 한 두어 시간씩 하지. 오후에 나가면 또 두어 시간 하고. 그기 단지 방에 가만히 들어앉아 있으만 궁시렁만 틀고(불평만 하고) 안 되거든. 저거도 다 그거를 생각하는 거라. 우리도 안 그렇나. 여여 집에 가만히 앉아 있어 봐라. 온갖 거 하룻밤에 집을 몇 채를 짓는가 모른다. 그런데 어디 나가 가지고 주깨고(지껄이고) 머 그러만 그런 거 없거든. 그러이까 집에 혼자 가만히 들앉아 있으만 더 늙어요. 기운이 더 없어졌 부고. 군대도 저거 자꾸 심부름 시키고 뭐 어데 가고 뭐 오고 해 샀는 기 한 군데 가만히 들어 앉아 있으만 사람이 전부 궁금중이 나고 또 저놈들이 우리를 내~ 의심을, 뭐냐 하만 저거끼리 앉아 무슨 궁리를 할 줄 모른다 이기라.

교실에서 잤을 거 아닙니까? 한 교실에 몇 명 정도 들어갔습니까?

어데. 대구 있을 때? 한 교실에 한 분대쓱. 한 분대가 서른여덟 명이라. 아이라 저저 칠십여덟. 칠십여덟씩 한 분댄데 숫자를 딱 따지 보만 난제 저 끈티(끝에)가서 중대 별로 한둘이 모지래는(모자라는) 사람이 있고 한둘이 남는 사람이 있고 그래. 우에(왜) 그러노 카만 저서 짤 때 어느 규은 며칟날 모이고 어느 군은 며칟날 모이고 이래 가지고 이틀 동안 다 하도록 했는데 검사하는 사람 들어올 때 환자가 많이 생겼는 기 있거든. 다리 병신이다 뭐 팔병신이다 카면서. 일부러 떨궜던둥 우엣던둥 그런 사람 나갔 부니까 숫자가 모지래는 기라. 둘 서이 모지래는 것도 있고 어떤 거는 일고여덟이. 여여 달성군하고 약목 칠곡군하고 영천군하고는 사람이 많이 남았어. 거는 한 군에 전부 다 삼백 명씩 넘었으니까. 영천군이 제일 많지. 삼백사십일곱 명인가 그래. 우리 경산군은 삼백열서이고, 그 기 그 숫지 때매로(때문에) 다 그래 똑 맞지는 안 하지. 아픈 사람 들어냈 부고 각중에(갑자기) 들고(데리고) 오라 칼(할) 수도 없고. 그래가 부산까지 니리가 놓으니. 부산까지는 기차로 갔지. 기차로 가는데 객실이 아니고 저 고빼 길다란 눈이 쩌 쩍 딜아 내려오는데 우에 되나 하만 한 분대 고빼 하나쓱이라.

칠십여덟 명인데 사람이 다 들어갑니까?

비잡지(비좁지) 뭐 비잡아. 처음에 뜰(출발할) 때는 문 딱 닫았 부만(닫으면) 그 더븐(더운)데 마 죽을 지경이라. 창 거 대가리 내가(내서) 이래 있거든. 칠월달에 거 얼매나 뜨겁노. 그래가 경산 지내가니까 임마들이, 왜놈이, 분대장 밑에 뭐라 카노? 여 군에 가만 밑에 인자 부분대장카는 거 그기 인자 서이고 분대장 하나, 너이가 같이 탔는데 이넘들이 답답아 죽겠거든. 그래가 "문 좀 열어도" [했는데] 중간에 문 잠가 열 수가 있나? 우리 중대 중에서 누가 하나 청도 역사에 아는 사람 있었어. 그래가 창 결에 내다보고, "여 문 좀 열어도 죽는다. 가기 전에 죽겠다. 문 좀 열어도" 그래 놓으이. [웃음] 아이고 열어 주는 기라. 그래 열고 부산까지 갔다니까. 부산 가니까 아홉신가 그래 돼. 부산 역전에 마당에 공터가 있어. 그래 거 가서 자고 그 이튿날 아침에 배가 일곱시 이십분이던가, 일곱시 반이던가 금강호라 카는 거 그걸 타고 하관(下關. 시모노세키) 가[서] 내리니까 오후 세신가 그만이 돼. 이십육일날. 하관 내리가 여관집 빌려가 거서 사흘 있었다. 여관집에서 사흘 있었다. 저거도 인자 가는 짐 실는(싣는) 거 그거 배 들어오는 대로 맞차아(맞추어야) 되거든. 양숙(양식) 실고 나무도 실고 뭐 오만(온갖) 거 배에 실어 가지고 사람 타고 이랬는데 그기 상당히…. 그래가 칠월 삼십일일 건내갔는 기라. 건내가니까 그기 바로 모지카는 거, 문사더만은. 똑 열흘 만이라. 거서 지 자리서 점심을 먹고 그 질로 배를 타고 떴는데 그만치 걸려. 그때는 배가 이리 바리(바로) 못 가고.

도착 두 달 만에 공습 시작

모지 거기서 강제 징용생활이?

그렇지. 팔월 십일 도착해서 시월 십일날 첫 공습 와 가지고 사람이 죽고 전쟁이 영 벌어졌 붓거든(벌어져 버렸거든). 영 이짜 절단 났거든. 그래 가지고 인자 그 질로.

공습 전에는 하루 일과가 어땠습니까?

공습 오기 전에는 일할 사람 일하고 운반하고 뭐하고 전부 순서에 맞게 저거 시키는 대로 다 하고 그랬는데. 공습 올 때는 비행기가 똑 시 대쓱 니 대쓱 짝을 쟈가(지워서) 편대[가] 이래 와 가주고 하나 니리마 따라 니리는 기라. 죽 나가미(나가면서) 꽝꽝꽝꽝 쏘 쟀겨 뿌이(쏴 버리니), 폭탄 널짜 뿌이(떨어뜨리니) 하나 줄 나가는 데는 다 절단 나는 기라. 한 분[한 번은] 그기 아침 질에 일곱시, 여~시 반쯤 돼서 시작했다. 한 열시쯤 되니까 "꽝" 카미 비행기가 하나 맞아가 떨어졌는데 맞춤(마침) 미국 비행기 하나 떨갔어(떨어뜨렸어). 산때베이(산등성이) 애를 먹고 고사포 갖다 났는 거~가. 그놈 단도리(단속)한다고 얼매나 일로 하고 파고 달코. 만날 꾸지럼 듣고 뚜드려 맞고 내~ 재이고(쌓고)···. 그래고 나이(나니) 대븐에 저짝 비행기가 부~ 와 가지고 하나씩 폭탄 떠라 뿌고(떨어뜨리고) 나가면 뒤에 온 놈이 또 그래요. 폭탄 담아가 버버버버 그리미(그러면서) 쏟아져. 그러니까 마 산때배이가 다 무너져 버리. 여측없이 다 절단 나 버려. 일본에서는 하나도 못 쐈어요. 그래 가지고 일본이 꼼짝 못하고 당했는데 뒤에는 와도 삥 돌면서 헛거만 돌아댕기(다녀). 우 왔다가 갔 부고 왔다가 갔 부고. 그래 가만히 보니 불로 지렇게 질러 놨는네 이 사람들이 뒷일을 어떻게 하노 그거 볼라고 그랬지 싶어. 배 근 거 짐 실고 내 놨년 게 전부 파산(선) 다 됐 부고 전부 불덩어리 돼 가지고 며칠 탔는지 모르는 기라. 곡식 실은 거도 타고 소금 실은 거도 타고 뭐 아 타는 기 없거든. 그래 한 이틀 그카디만은 전혀 안 와. 그러고 나서 그 이듬해 이월이다. 양력으로 이월 이일 저녁이지 싶다. 열두시 거진 돼가(되어서)일 끼라. 있는 데는 시월 공습 다음에 식량 배급 받은 기 쌀이 삼백 포남았고 그랬는데 전부 다 대만서 오는 기라. 배로 실어 놨는 거. 마침 우리 있던 학교가 오키나와 복판 천비(天飛), 댄삐 국민학콘데 예전에 처음 지었는 학교 교실은 삼층인데 목재고, 밑에 쭉 돌아오는데 이거는 공구리(콘크리트)로 했는데 공구리 칸 수가 상당히 많지. 거 공구리 가세(가의) 한 칸은 식량을 재 놓고 [있었는데] 우에(어떻게) 하나도 탈이 안 났어. 그 식량을 인제 산꼴재기(골짜기) 야마카노카는 데 있는데 거 인자 갖다 시(세) 군덴가 갈라 재 놓고 갖다 먹으니. 그래 일곱이 나와 가주고 거 가가 지킬라카이 내가 있던 데가 사람 너이가 있고 서이가 다른 데 쪼매 재가 있는 데 거 가 있고. 그래 쪼매 있으니까 집에 간다 카미 쎄기 오라 카는 기라. 쎄기 바닷가에 배 타러. 그때 서른 몇 댄가 떴거든 사람 타고 짐 싣고 나무 싣고 돌가리(시멘트) 싣고. 그거 건축을 해야 하거든 집을 지만. 그래 가지고 [배를 타고 오는데] 하이고 인자 다 죽었다 캣지. 밤중인데 기라(기뢰, 機雷)에 맞았는 기라. 나무 실은 배 그기 맞아 가지고. 비가 니리 와 제끼는데(쏟아지는데) 다 죽었다' 고. 바다에서 쪼매(조금) 있으니까 "가만 있어라. 개안타" 그래. 우리가 안 맞아 놓으니. 비가 막 작작 따루고(내리고) 캄캄하이 저테(곁에) 사람 주께만(지껄이면) 알고 말소리 안 들으만 모르는 기라. 배 두 댄가 시 댄가 대 놓고 '배에 올라가자' 이카는데 올라가이 쪼매난 목선이라. 사람 올 따네(동안) 나무하고 뭐 이런 거는 가져갈 필요도 없고, 목재 돌갈리(시멘트) 그런 거도 필요 없고, 임시 가는데 식량만 필요한 기라. 우리가 삼중댄데 천팔백 명인가 되는데[19] 그 사람 숫자 있제, 왜놈들도 탔제, 우리 묵을 식량도 실었제, 쪼매난 목선이 가물가물거리지. 올라타니까 자인에 있는 친구가 마침 저테 같이 탔어. 나이 내보다 네 살 우엔데 죽을 따네까지(때까지) 정을 안 잊고 지냈는데. 하이구 형님 인제 우리 죽으러 간다 카이. "암 말도 마라" 카데 뭐 우에야(어떻게 해야) 한다는 소리는 안 하고 "보래, 이것 타고 고향 간다고 왔제? 나도 그런 생각 가지고 있지만은 여럿이 있는데 전부 슬픈 마음이 들 낀(건)데 뭔 그런 소리하노. 할 수 있나? 인제 날 새믄 알 거 아니가." 그래 둘이 입도 안 띠(떼)고. 한 여섯시 조금 넘었든가 날이 히꿈이(희뿌옇게) 새니까 니리라고 배를 댄다. 거 선착장이, 모래밭이 바로 게라마(게루마) 열도. 모래밭이 쪽 이래 있는데 눌이 얕으만(배개) 못 드가거든. 물에 내리 가지고 아랫도리 이만치 빠져도 그냥 걸어가야 돼요. 그래 니리 가주 걸어서 들어갔는데 거기 인자 아까도(阿嘉島)카는 덴데 들어가니 도까스끼(渡嘉敷島) 아까도(阿嘉島) 자마미(座間味島) 게루마(經留間島) 여섯 섬이 있는데, 짜자그마한(조그마한) 거 무인도는 내버릿 부고. 거 가서 인자 소대 별로 갔는 기라. 일소대는 자마미카는 데 가고 우리 이소대는 삼소대하고 게리마 섬하고 아까도우 두나(둘)를 어불러(묶어) 가지고 같이 배치를 따 시켜 가지고 하는데 천택기(千澤基)[21] 이 친구는 일소대인 때문에 자마미 건너가 뿌고, 그 사람은 거서 소대장을 했고 나는 분대장 했고. 분대장은 열다섯 만에 한 사람쓱 소대장카만 삼십 명 이상. 그래 갈리 가지고 다시 소식도 못 듣고. 왜놈들 비밀이라 카는 서는 한정도 없는데 뭐 연락이 되나. 만약 비밀히 통기된다 그러먼은 대븐 삽히(잡혀) 드간다 말이라. 그러이 자기도 그렇고 나도 그렇고 입도 안 띠고(떼고). 그래 가지고 두 달쯤 들었지. 그 안에

늘 공습이 왔지. 공습이 되는 동안 만날 나는 주일마중(마다) 영병(營兵),
문 앞에 지키고 오고 가는 거 감시하고, 돈 옇는(넣는) 깅꼬(金庫)하고 군
대에서 주요 문서 보관함하고 이런 거 전부 맡아. 그래 아침저녁으로
순행 도는 놈이 있고. 순행 도는 거 들어오만 뭐 깅코 아리마셍(んきんこ
ありません), 니주 아리마셍(にじゅ ありません) 카고 난넹 아리마셍
(なんにん ありません) 카고.[20] 그놈 지나가는데 전부 탈 없다 이기라.
그날이 삼월 이십사일날인갑다. 내가 그 방에 드갔는데 가가 앉아 있으
니까 마 폭발이 얼마나 쏟아지는지. 고마 쪼매난 집, 그 학교를 빌려 가지
고 거 들어가고 까지꺼(까짓) 지붕 만데이(꼭대기) 힐떡 날라가 버리고
아무것도 없어요. 그 질로 산에 후지끼(쫓겨) 드가 가지고. 섬 쪼매내도
(조그마해도) 인제 골짜기 있으니까 골짜기 드가 가지고 인자는 참 죽으
로 간다 그래 생각하고. 천택기 그 친구가 어떤 일이 닥쳐도, 해나(혹시)
누구라도 살아가거든니 니 마음만(처럼) 알고 나도 내 마음만 알고 지내
자 그카고 관리했는데 저리 섬에 갔는 사람들 죽었는지 살았는지[도] 모
르겠고. 그 당시에는 내 분대 있는 사람 열다섯 그것만 알지 몰라요. 전
부 따로 배치를 시키거든. "니는(너는) 산 끝티(끝) 거기 가거라. 니는
중간에 어디 거 가거라." 전부 배치를 다 시킨다 말이라. 그러이까 어느
넘이 죽었든 살았든동 모르는 기라. 그래 지내다가 하니까 마침 미군이
잖아.

니리가 보자. 참말로 살리 줄란가

하양에서] 이발하던 사람, 이발쟁이, 그 사람이 제일 머이(먼저) 붙들
는 기라. 그 사람 죽었는지 살았는지도 모르겠다. 여 놀러 오고도 했는

구술자(왼쪽)와 천택기 씨(앉아 있는 사람).
오른쪽에 서 있는 사람은 함께 징용 갔던 영양
출신 강인찬 씨이다.

데. 그래 바로 상륙하는 날이라. 도랑 요 안 있나? 고랑 전(졌)데 고게 숨어 있었는데 막 총 쏘고 하니까 총살(알)이 들어와 재끼는(퍼붓는데)데 가만히 보니까 마 있으만 죽겠다. 에라이 죽으면 죽고 살면 살고 꿈직이나(움직여나) 보자 [싶더라네]. 나오니까 총을 점마(저 임마)들이 먼 데서 땡기는(당기는) 기 아이고 오민서(오면서) 땡긴다 말이라. 상륙부대는 그렇거든. 오민서 이짝으로 땡기고 저짝으로 땡기고 총을 다다다다 거린다 말이라. 쫓아 나오니까 아 앞에 전부 흑인종인데 시커먼거 꽉 닥치는데 뭐 덮어놓고 우에 될지도 모르고 손을 번쩍 들어 뻣다 이기라. 그래 가마이(가만히) 보디만 저테 오라 캐서 가니까 대븐 웃통 벗으라 카데. 웃통 벗고 나이까(나니) 무장했는가 그걸 보거든. 본데 무장이 없었거든. 그래 가지고 아무것도 없으니까 웃통 벗은 거 쥐고 가자 캐. 산 쪽으로 니리가면 여내(이내) 바다거든. 그래 어디 가 놓으니 쪼매난 배가 까마이(까맣게), 사람만 타면 한 오십 명 타는 그런 거 바다에 꽉 깔아 놨거든. 참말 물 안 빈다(보인다) 캐도 과언 아니지. 이짝 사람 살릴 수도 죽일 수도 있다 이기라. 그런 배가 한정 없어. 큰 배는 저~ 먼 데 가 있고. 고거는 바다 가세(가로) 막 돌아댕기고. 그래 그 배를 타고 있으니까 큰 배로 가는 거라. 큰 배로 조(주워) 올리가(올려서) 하나 붙들었다 물어 보라 캤는 모양이라. 그 사람 일본말 지(제)법 하거든. 그래 일본말로 묻는데 "여 조선 사람이 많이 와가 있나." 첫째 묻더라는 기라. "많이 와가 있다." "얼매나 되노?' 카이 "숫자는 잘 모르겠는데 저 섬에도 있고 저게도(서기도) 있고 나는 조게 있었다. 여도 있고 저도 있고…한 군데 아매 이백 명쏙 될 기다. 우리 조선 사람이 불쌍타. 일본 사람한테 붙들리 와 가주고 이칸다(이런다)" 이리 갈쳐 줬는 기라. "오케이" 이카더란다. 저거는 알았다 이 말이거든. 그 질(길)로 시작해서 고 이튿날 그짜서 "우리 조선 사람은 다 니리(내려) 오너라. 배만 타면 되니까 오만(오면) 다 살리 준다. 우리 조선 사람은 다 살리 줄라 캤으이 쌔기 내리 오너라." 이 방송이 나오는 거라. 이 사람들이 그래 하라고 시킸어. 저거 말로 하만 안 된다 이기라. 그래 배가 바닷가 빙 돌민서 아침저녁으로 한다. 아침저녁으로 그걸 하고 나니 왜놈들이 점점 단도리(단속)가 더 심하네. 이넘들 저거 마음이 그랬는 거라. 조선 사람을 살리 주만 임마들이 다부(도로) 우리를 해롭게 할 기다. 그러이 이거를 안 그렇도록 해야 한다. 이래 돼 버린 거야. 이래 놓으니 이넘들이 뭐라 그러냐만, "절대 너거(너희들) 포로 되지 마래이. 포로 되만 차라리 자살하는 기보다 못하다." 왜 그렇노 카이 "그거 모르제? 미국 사람들은 머리도 노랗고 눈도 노랗다. 눈도 노라이 저거는 사람 보는 기 거꾸로 본데이. 이래 되믄 동양 사람 눈 까만 거 이걸 한짝 눈을 빼 뿐데이(버린다). 잘 못 비(보이)라고. 저

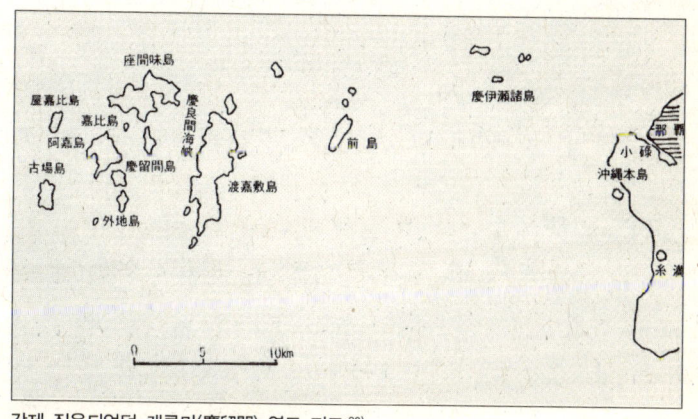

강제 징용되었던 게루마(慶留間) 열도 지도.[20]

놈들 성미가 그렇다. 눈 빠져 가주고 고생하는 거보다 자살해 뿌고 죽는 기 낫다." 이놈들이 말을 내~ 그렇게 한다 카이. 그래 가주고 몬 가도록 하는 기라. 처음에는 그 소리 듣고, "니리가 보자. 참말로 살려 줄란가. 뭐 이래 죽으나 저래 죽으나 두 판(이판사판) 아이가 가 보자" 이카는 사람도 있고 "아이(아직) 좀 더 참아 보자. 더 참아 보만 설마 더 좋은 거 안 나겠나" 이카는 사람도 있고 서로 마음이 안 맞는 기라. 하루 이틀 그 카다가(그러다가) 빨리 갔 붓는(가 버린) 사람은 포로 돼 갔고 몬 갔는(간) 사람은 몬 가고. 그 방송을 일주일 동안 했어. 한 일주일 하니까 사람이 자꾸 모여 가지고 백여 명 모였던 모양이라. 우리는 그거 모르지. 인자 있으니까 오월 이십삼일인가 그래 됐지. 내 분대[넌 나꺼정 열다섯 명인데 하나도 안 상하고 그냥 있는 기라. [그런데] 둘이가 고마 히져(헤어져) 가지고. 그걸 내가 여 손주들 [군대] 보냈는데도 캤다. 갈쳐(가르쳐) 줘야 돼. 전쟁이 나더라도 포로 돼 간다 카만 방향을 알아야 해. 또 포로 안 돼도 남북이 어떻다 카는 거 그걸 알아야 돼. 남쪽에는 머(뭐)가 있더라 북쪽에는 머가 있더라 어딜 가도 그걸 알아야 돼. 그래 살 수가 있지 안 그러면 몬살아요. 난제(나중에) 가마이 보니 내 분대에 사람 둘이가, 우리 면에 김상길(金相吉)이라 있어. 하양면(河陽面)에 천유구(千有龜) 카는 사람 [하고]. 그 사람 둘이가 집안일끼라(거라). 이 둘이 내리가 가주고(내려가서) 이십 일도 넘었지. 그래 가주고 들어왔는데 이것들이 영판 바닷가 내리가 가주고 미군 배 들어오거든 표 나거든 손을 들고 했으면 되는데. 거는 안 가고 중간에 있으면서 민간들 농사짓는 거, 오키나와 거는 주식이 고구마거든, 고구마 그거 캐 묵고 내~ 들어앉아 있다가 놀다가 여 본부 찾는다고 와 놓으니까 반갑다고 참 모두 캤는데, 나도 하이고 반갑다 안 죽고 살았으니 다행이다 이캤는데 한 댓새 지나고 나이 밤에 갔부고 없어. 이튿날 아침에 자고 나면 인원 보고를 해야 하거든. 뭐 니쥬아리마셍 카던동 뭐 왔다 카는동 있다 카는동 보고를 해야 되는데 둘이 또 나갔 붓는 기라. 나갔다고 하이꺼내(하니까) 알았다고 이카디만 난중에 이것들이 새로 붙들릿는 거라. 새로 내리오니 묵을 거 없지러(없지) 뭐. 쪼매난 섬에 식량 많이 가져왔는 기 있나? 그중에 또 불탔 붓는 게 있지 뭐 물(먹을) 끼(게) 있나? 그러이 저거는 내려와가 고구마 캐 먹었는 기 잘 있었는 기라. 그래가 거 또 찾아갔는 기라. 그래가 고마(그만) 붙들리 올라와 가지고 총살 당해 뿟다. 이넘들이 재판을 하는데 "느거가 왜 그랬노?" 묻고 그 죄책은 "여서 배가 고프니까 묵고살기로 딘지 그거 아니가" 그래 말해도 그거는 안 된다 이기라. "새로 나갔으니 너거는 거서 다른 일 하고 왔다. 여 사람 빼가가(빼가서) 그런 거 가르쳐 줄라고" 이기라. 그래 가지고 인자 바로 거서 총살로 죽있다. 그기 한 댓새 안 걸렸지. 그래 이놈들이 내~ 순행(巡行)이라. 어느 나라 없이 다 그래요. 전쟁이 나 가지고 부대가 히(헤어)지고 서로 살라고 구덩이(구덩이) 파고 이럴 때 가령 재주가 있어 가주고 본국에 갔거나 어데 가서 숨어가 오래 살았거나 민간에 드가서 민가인 행사를 하고 살았거나 그러만 안 와도 그만이라. 평생 그래 살만 그만이거든. 안 대둥키만(들키면) 그만인데. 어데 숨어가 있다가 살아서 들어오마 좋다고 반갑게 한다 카이. 전쟁이 다 그래요. 반갑다고 살아왔으니 고맙다고. 그래가 새로 나가서 안 온다 카만 다른 나라는 어떤지 몰라도 일본서는 대븐 총살이라. 일본 군법에도 딱 그래 돼가 있어요. 그래 가주고 이 둘이뿐 아니고 일곱인가 죽였는데 상주 사람 포항 사람도 있고. 일곱이 들어와 가주고 하로(루)는 지냈지. 하로 지내고 재판을 한다 카니 그때 분대장은 참석해 줘야 하거든. 참석이 있어야지 재판이 승인이 되지. 그래 다른 분대가 둘이가 오고 내하고 서이가 만냈는데 '너거 우에 가주고 이래 왔다가 또 가고 그랬노?' 첫째 묻는 기 그기라. 그래 우리가 배가 고파서 갔는 기 그기라 카니 대답이 '배고픈 건 안다. 전쟁 와서 배고프기 숩(쉽)다. 왜 그렇노 하면은 식량을 산에 재 놔도 그거 가주로(가지러) 갈 새가 없어 몬 간다. 중간에 전쟁이 붙어 가는데 어째 그거 가지러 가노? 그러이 저거 가주고 올 때까지는 배가 고파야 돼요. 또 묵고 식량이 떨어질 때는 저 먼 데서 식량이 들어와야 하는데 들어올 딴(동안)에 또 굶어야 한다. 전쟁에서 배고픈 거는 그거 끼꾸(이유) 안 된다' 그카더라 말이라. 마 말 안 된다 이기라. 입 띨 수 없지. 우리는 그저 하는 거 보고 있지. 이 사람들은 인지 죽는데 말할 그것도 없고. 가만히 있으니까 '사형' 카는 표시를 내랐 부더라고(내려 버리더라고) 군인들 저거꺼지(끼리). 그때 군인이 대위가 하나 있었는데 그기 인자 판사라. 지금 말하면 판검사 택이지 뭐. 그래가 사형 신고(선고)를 떡 니라 놓고 날로(나를) 또 오라 카는 기라. "사람 처형하는 데 가자" 그래. 삽 하나씩 들고 일곱인데 한 사람에 하나씩 해 가주고 나오라 카는 기라. 그래 나가이 해가 거무리 하니 한 일곱시 가까이 됐지. 오월 십일인가 오월 십삼일 그쯤 되는데. 거서 총살로 땡기는데 사람을 뒷짐을 지가(지워서) 수건을 여 뒤에 팔뚝에 딱 묶아 뿌고 구디(구덩이)를 파 놔가 앞으로 딱 시아 뿌고(세우고) 총 땡기는 놈은 저저 뒤에서 섰거든. 우리는 저 먼 네 안 보이는 데 가 있으라 카는 거라. 눈에 보이면 덜 좋다 이기거든. 딱 시켜 놓고 거서 대장이 그래. "너거가 이마(지금) 죽는다. 죽으니까 너거 원(願)이 뭐냐? 원이 있는 거 말하고 죽어라" 카이

그 천유기라 카는 사람이 거 글도 좀 많이 배았는 사람이라. 전에 우체국
에 배달하고 이랬는 사람인데. 딴 사람이 아무도 입 안 띠고 있으니 그 사
람이 "아무 원 없다. 우리는 아무 원 없이(없으니) 너거나 잘살아라. 우
리 한국 쌀 가지고 한국 쌀밥 하나 주만 마 그기 원이다." 그 카이 그런
거는 이해 안 된다 이기라. 그러이 손 땡기니 "빵" 쏘았는 거라. 가눔
해가 있거든. 그래 가지고 일곱이 한목(한꺼번에) 죽고 사형을 당했 붓는
데 천지에 원이라 카는 기 참 천유구 말따나 그거뿐이거든. 우리 한국 쌀
밥 한 그릇 묵었으만 그거밖에 원 없다. 한국 돌리보내 도. 그 말이거든.
'우리 살라(려) 보내 도(다오)' 말이라. 그것 아주 참 원한에 맺힌 말인
데 세상에. 그 사람 처가가 남하동에 있다. 처가가 청도 김(金)씨 익긴네.
그래가 일곱을 하나에 하나씩 묻으니 [대나무] 뿌리가 막 잘리 가지고 도
저히 수금푸(삽)를 가주고 일을 몬하는 기라. 목(나무)괭이나 가지고 연
장을 단디(단단히) 해야 되지. "수금푸 이거 가지고는 못하겠다" 카이
"그럼 나무 가재이(가지) 저거 꺾어가 덮어 놔라" 이라이 그거 덮으니
옳게 덮하나? 덮히도 안 하고 인자 우짜다(어쩌다) 한 수검푸 떠이만 그
거 안 날라 가라고 나무 가재이 그거 덮어 놓고 그래 했는데 마침 한 사람
이, 거게 허병창(許秉昌)이라. 하양 부호동(釜湖洞), 가미 실이라 카거든
고 허씬데. 병창이 이 사람이 어에 했는동 총살이 바로 안 맞았어. 뒤에
쐈 부니까 여불때기를(옆을) 요래 빠져 나갔 부써. 그래 "땅" 카이 놀
래 가지고 같이 엎어졌 붓는데 가마이 있으니까 이기 살았는 기라. 마침
내기 딩딩이 돼 가지고 절에 갔지. 나뭇가지를 뽑아 가주고 덮어 주니
"니는 실짝이 가리라" 고 "쪼매만(조금만) 덮이도" 카는 기라. 하이
너 살았나 카이 "저드랑이(겨드랑이) 밑에 차고 나갔다. 좀 아프이 껍디

기(피부)는 좀 빗기(벗겨)졌지 싶으다." 그래. 그러만 내가 기양(그냥) 내 뚜만(두면) 안 되거든. 수금푸를 가주고 가쟁이(가지)를 꺾어 가지고 솔가재이 그넘을 드문드문 덮어놨다고. 저놈들 검사를 하거든. 그딴(동안)에 괜찮도록. 검사할 때 모르구로(모르도록) 가마이 눕었거래이 그랬었는데 그 사람이 밤에 고마 들고 떴 붓는 기라(도망친 거라). 바닷가까지 우에 띠(뛰어) 갔던동. 그래 그 길로 내 먼지(먼저) 갔어. 내 가니까 살아가 와 있어. [웃음] 희안하지. 그래가 주고 그 사람 가고 나서 한 십이 일인가 십오일인가 그마이 됐는데 도저히 여 있으만 안 되겠는 기라. 틀림없이 우리를 잡아먹을 챔(참)인데 안 되겠어. 우에 가지고(어떻게) 충당을 채워 가지고 [사람은 다시] 열너이가 됐는데 의논을 해 가지고 딱 일주일 기한해가(해서) 갈 테니 너거는 어떠노? [했어]. 가는 데는 여서 나한테 묻지 말고 가는 고날 지녁(저녁)에 이논(의논)하자 안 그러마 안 된다 그래가. 어디로 가만 저넘 왜놈들한테 안 붙들리겠노 말이라. 내가 낮에 댕기면서 골짜기 드가 보고 그래 의논을 하고. 우리 막사에 있는 등대 아래 끝티(끝에) 바닷가 몬 가고 중간에 가만 조 건니(건너)는 (두 팔을 껴안아 보이며) 이런 나무가 한 이십 개 가량 확~ 숲을 덮어가 있고 이짜 우리 니리가는 데는 짜짠한 잡목나무 그기 있는데 잡목 나무 그기 소리가 많이 난다 말이라. 와삭와삭 소리가. 소나무 꼬재이 이거는 덜한데 잡목나무 그거는 와삭와삭 소리가 나 참 곤란하다 싶어. 그래 내가 '장소는 고 가는 기 맞은데 이짝으로 좀 둘러야 되겠다' 연구를 딱 해 가주고 오늘 지녁 가는데 사람 전부 딱 모있거든. 사람이 열너인데 열서이가 됐는 거라. 한 사람이 어떻노 카만 이넘이 배가 고프니 식량 때미로(때문에) 부엌하는 데 거 가만 묵을 기 있다고, 찌꺼래기(찌꺼기) 그거 좀 얻어

먹겠다고. 왜놈들 근방에 가도 못하는데 거 간다 카민서 갔는 기 대나무 끈티(끝)가 이래이래 솟았는데 거기 고마 발 찔리 가지고. 어두븐데 이래 이래 하다 발에 꽉 찔리 가지고 도저히 걸음을 몬 걷는 기라. (구술자의 집 마루에서 녹취하고 있던 중 대구선을 오가는 기차가 지나갔다. 소음 이 너무 커 이후 녹취한 내용 일부는 알아들을 수 없다.) '나는 죽을 팔 자다. 어데든지 가거든 안부나 전해도' 그래. 도저히 그카고(그러면서) 시간을 오래 끌 수 없는 기고. 그래 한 번에 서이쪽 딱 해가 니리가는데 건니 거 바로 내리가만 질은 가찹은데(가까운데) 참나무 뿌리 잡목 그기 소리가 난다. 조금 둘러도 이짝으로 이래가 드가라. 요래 드가만 소나무 가 많이 있기 때문에 소나무는 소리가 덜 난다. 그랬어. 김용수(金容洙) 라고 여 뒤에 대림(大林)에 이 친구가 "야 니 전장에 몇 븐 갔디노?" 이 칸다. 입도 띠지 말고 니리가서 고래 가는데 고 숲에 드가만 나무가 이렇 게 있었거든. 거게 낮에도 드가만 캄캄하다. 아름드리 소나무가 스무남 개 서가 있으만 그 참 낮에 드가도 캄캄하거든. 그래 고가 가주고 꿈쩍이 도 말고 나무 하나에 하내이(한사람)씩 안고 있거라. 큰 나무니까 하나에 하나씩만 있으만 총을 쏘도(쏴도) 개안아(괜찮아). 소리도 내지 말고 가 마이 있어라 그캐 놓고 갈 때 사람을 단도리하는데. 내가 시킨 테니끼 이 데쯤 가거들랑 돌을 하나 쥐고 던지라. 절대로 "어이" 카는 뭐 다른 소 리하지 말고 돌을 하나 던지만 그 돌 떨어지는 소리 나거든 저짝에 있는 사람이 다부(도로) 받아 이짝에 던지(져) 줘라. 답해 주만 '여 있다' 그 기나. 그런데 그짝에서 먼저 딘지면 안 된데이. 저짝 먼저 간 사람이 먼 저 넌시면 안 된데이 [라고 지시했어]. 참 그때 그런 시건(어림)이 우쌔 있 는지 모르겠어. 그 카이 "와 그렇노, 와 그렇노?" 대븐 그카데. 그래 그짝에 있는 사람이 먼저 던지면 왜놈이 오든동 미군이 오든동 우에 알기고? 모르니까 대븐 "빵" 쐈분다 말이라. 그라마 다 죽는 거 아니가. 그니까 이짜서 내려가는 사람이 돌 던지라. '아무 없으니' 표시로. 이짝서 돌을 "탕" 던지는 소리가 나거덜랑 돌을 시 븐 니 븐 던지지 말고 하문(한 번) 딱 던지만 치아 뿌라. 저테 있는 사람이 '여기 있다' 카는 표시로 던지 줘라. 그래야 되지 안 그러만 전부 다 죽는다. 그러니 "같이 가자" 이카거든. 보래 내가 같이 열너이가 한목(한꺼번에) 니리 갔 부만 대븐 탈 나 가주고 수색받는다. 너거 그렇키 모르나? 그래 저거 생각하이, "아 그렇겠다. 있어야 된다. 있어 가지고 뒤에 니리가야 한다" [싶었지]. 그러만 가가 있어라. 절대 나무만 안고 있어라. 나무만 안고 있지 딴 데 히이(헤어)지지 말고 딴 데 가겠다고 가지 말고 가 있거라. 거서 고개를 넘으면 되니까. 고서 내가 길 다 봐 났다. 그래 약속을 딱 해 가지고 그래 머이(먼저) 서이를 니라 보내고 조만치 갔다 싶으만 또 살살 니리가고. 소리 와삭와삭 내만 안 되니까. 그래 마지막 내가 가는데 가 놓으니 저것들이 안 온다고 늦가(게) 온다고 영 애가 타는 기라. "아이고 너만 살고 다 죽어라 카나? 여 내라(내려) 놓고" 이 소리 해. 골짜기 갈라 카만 등을 넘어야 하는데, 등을 넘으마 요서 이리 쭉 빠져 가지고 쭉 내리가는데 거가 어디고 카만 섬 제일 끝티라. 고 가야 제일 안전한 기라. 중간에 니리만 왜놈들이 내~ 돌아댕기는데, 붙들리만 죽는 기라. 그러이 요 끝티 나갔 부야지. 고래서 요리 갈라고 내가 약도를 해 가주고 '요리 가라, 절대 딴 데로 갈라고 꿈직이지 마라' 이래 해 가지고. 그기 하메(벌써) 새벽 두시쯤 됐을 거라. 그래 만나 가주고 저 중간에 가이까네(가니까) 전화줄이 하나 떡 걸리는 기라. 내가 앞장 서가(서서) 갔구만. 전화줄 그기 인자 이짝 바닥에 있는데 막 걸려 놔가 있는 기라. "땅" 소리 나만 대븐 총소리 들어오거든. 그래가 내가 니리가면서 '봐라, 전화줄이 걸리거들랑 다른 거 아무 말도 하지 말고 손을 뒤로 내라. 손을 내거들랑 '줄이 걸린다' 안다. 그래 뒤에 사람이 보고 단디(단단히) 넘는다. 그러이 손을 뒤로 내라." 그래 여여 등대가 요만치 있는 기라. 다 왔는데 고 조금 니리가마 고구마밭이 많거든. 우(위)에는 바람이 씨(세)니까 모(못)하고 중간에 산빌(비탈) 그런데 하고 그런데 고구마밭에 가니 대븐에 거 줄이 걸리가 있어. 미군 줄이라. 전화줄이 톡 걸려 있는데 대븐 고구마 캐 묵을라고 아~들 뛰어드는데…. 전혀 몬 묵다가 고구마 캐 물라고(먹을라고). 나는 살드록 할라고 캤는데 와 카노. 여 고구미 캐는 데 있으만 대븐 "땅" 긋는다(거린다). 그걸 모리고 여서 살겠다고 카나? "땅" 캤부만(하면) 너거는 다 죽는 거 아니가? 이거 안 먹어도 산다. 니리가만 날 새만 물 거 준다. 금마(일본놈)같이 안 할 기다. 함부래 손대지 마라. 그래가 기어이 말기(말려) 가주고 내 시키는 대로 먼저 가는 놈이 줄 하나 걸리마 손을 뒤로 내만 고대로 넘어가 가주고. 착착 하나도 안 걸리고 넘어가 가주고 강가에 니리 갔다. 강가 니리가면 경비가 죽 이래 있는데 그 경비 있는 데가 있고 없는 데가 있거든. 기양(그냥) 끝에 내리가 가주고는 죽는다 말이라. 몬 산다 말이라. 그래 및 분(몇 번) 내리가 가주고 바닷가 경비를 찾아야지. 그래야 사람이 살지. 거 니리가만 나무가 이런 기 그기 이름이 뭐고? 아카시 나무매로(처럼) 전부 자잔하이 가시 안 묻었나? 그런 기 꽉 들어 있다. 옷 걸리만 다 집어 째고 걸린다 카이. 그기 있는데 마침 내려갔는데 떡 보니까 우리 삐끼라이 실어 가지고 배 띠아(띄워) 가지고 미군 잡을라고 했는 일터라. 그 갱빈(언덕)이. 고 안으로는 가 봤고 거는 안 가 봤는데 그기 배 띠아 놀라고 하는 기 터가 딲이가 (닦여) 있더라고. 여는 가시가 없다. 그래 날 새도록 가마이 거 앉았으니 날이 새 가지고 먼동이 터지니 아이 이 사람들이 고마 마 옘완포(연막탄) 그거를 피아(피워) 가지고 안개가 꽉 꼈는데 천지 캄캄해 아무것도 안 보이는 기야. 날 새면 그러거든. 그래 해가(해서) 한 시간쯤 넘기(넘어) 걸려요. 해가 떠가 환하게 되면 이것도 같이 그만 꽈(피워). 그래가 인자 날 샜다.

미군에게 투항, 포로수용소로

그래 바닷가 나가면서 인자(이제) 포시(표시)를 해야 돼요. 천지 할 게 있나? 수건 있으만 되는데 수건도 없어. 수건이 있어야 뭐 포시를 하제. 그 뭐 보이 수건도 내버리 뿌고 없고, 내삐린 기 아이고 수건도 떨어졌고. 왜놈들 많이 준 기 있나? 수건 한 개 가주고 일 년 쓰거든. 그러이 이거 훈도시, 똥구멍 바치는 그거 띠(떼) 가주고 전부 꼬쟁이(막대기) 하나쓱 준비해 가지고 그놈을 전부 훈도시 걸어 가주고 삼십분 들고 있었다. 아무 오는 사람도 없고 치다(쳐다)보는 사람도 없고. 저거도 그때 자다 일나 (일어나) 가지고 깜짝 놀랬던 모양이라. 하너개 이래 나와 보니까 저 바깥에 짓대(깃대) 들고 서가 있거든. 그래가 뭐 "띠띠띠" 캐 샀더라고. 전화를 하는 모양이라. 어데(어디) "띠띠" 캐 샀더니 여내 배 쪼매난 거 그놈을 달고 왔어. 우리가 여 있으니 저만치 오디만은 지렛대 그걸 가댕기더만은. 지렛대 그놈을 꼭꼭 짚어 보는 기라. 여 다와 가지고 배를 세았는데 지렛대로 짚어 가지고 우리 한국 사람 키캉(키와) 맞차(맞춰) 봐요. 재 보고 똑 요래 물에서 째끼발(돋음발) 디디만(딛으면) 맞도록 배를 딱 대는 기라. 고 배를 딱 대 놓고 들어오라 카는 거라. 그때는 전부 손 짓뿐이지 뭐. 말을 해도 듣기도(들리지도) 안 하고. 그래가 "쌔기(빨리) 가자. 인자는 됐다. 쌔기 가자." 그래 물에 풍덩 들어서니까 저 사람들 이 아이라 카는 거라. 옷 전부 벗고 들어오라 카는 거라. 옷 입고 오만 여 몬 온다고. 옷이 이거 굉장히 무겁거든. 옷 많이 입고 드가만 물에 빠져 죽어. 그래가 옷 벗고 내비리 뿌고 드갔다. 옷을 벗어 내삐리고 드가니까 그기 아이고 나가 가주고 옷을 접어 머리에 이라 카는 거라. 이래이래 [손 짓으로] 전부 해주거든. 머리에 이라 이기라. [웃음] 아까도서 자마미 건 너갈 때라. 머리에 이고 나니까 "됐다" 그러더라고 그래 [물에] 드가 보 니까 키 작은 사람은 물이 입에 드가니까 기운을 못하거든. 큰 사람은 띄 여 대이고(닿고). 이래 가주고 키 작은 사람이 기운도 없고 퐁당퐁당 카 니까 장대를 내주는 기라. 기다란 장대를 이래 내주고 쥐니까 땡기(당겨) 버리고. 그래 가주고 열너이를 몽땅 다 살렸어. 하나 실패 안 하고, 하나 왜놈한테 당하지 않고. 열너이 몽땅 살리 가지고 들어와 놓으니 저서 인 자 전부 일본말로 묻더만. 소령이라, 미국 소령이라. 그 사람이 일본말을 잘하더만. "와까이가 니뽄진(日本人)가 조센진(朝鮮人)노까" [23] 이래 묻더라고. 조센징이면 이래 가거라. 니뽄진이면 이짝으로 가거라 이긴 데 우리 갔는 거는 열너이가 니뽄진이 하나도 없거든. 그래 몽땅 나오니 까 하 좋다고 차 타라 카더라고. 그래 차 타고 갔는데 아이 거 가이 그 죽 일라고 카던 허병창이 이 사람이 저는 먼저 들어와가 [있어. 그 질로 고 마 튀가지고(도망쳐서) 바다 가서 타고 그래 왔다 카는 거라. 우리보다 한 열흘 먼저 왔는 기라. [웃음] 아이고 만내(만나) 가지고 우스버서(우스 워서). 그 사람 나이가 우리보다 한 살 적거든. 여 와 가지고 육이오 벌어져 가지고 또 붙들려 가 가지고. 전쟁에서는 안 죽고 살이 얼어 가지고 전신에 손이고 발이고 마 이래, 그래 죽었 붓어.

미군 배에 올라타서 바로 부산으로 들어왔습니까?

미군 배에 올라타서 가는 것이 자마미라. 아까도는 이짝에 있고 자마미는 여 있거든. 요 도면 다 있지 않습니까? 고서부터 인자 우리 중대가 갈리(갈려). 한(같은) 부대라도 거서는 딴 데로. 같이 온 사람 혹 있고. 열네 명은 고래가 집에꺼정(집까지) 몽땅.

집에까지 올 때까지 이야기 좀 해 주십시오.

참 그런 말을 해서는 안 되는데, 거 들어와 가주고 좀 편하니까 맥지 이놈의 술로(술을) 못 전디(견뎌) 가지고 술 묵는 사람, 노름하는 사람도 그렇고 그카는 기라. 그래 가지고 뭐 우에 가주고 이넘의 자슥 저 병원에 씨는(쓰는) 알코올카는 기 [있어]. 그래 거서 물 타가 묵어 봤는 모양이라. 무(먹어) 보이 술맛이 좋거든. 이런 거 항금(많이) 가지고 왔는 기라. "이걸 온 데 우리가 다 갈라 먹었다" 카이. 그래 그놈을 먹고 죽은 사람이 다섯이라.

그거 먹으면 죽잖습니까?

그래 다섯이가 죽었 부렀제. 그 다음에 며칠 있다 또 둘이 죽었다 카는 기라. 그래 일곱인가 죽었잖아. 참말로 죽는 것도 아무것도 아니지. 그걸 거서 그렇게 죽었다 칼 수 있나. 거서 그 말 하면 미군들이 절대 좋아 안 해. 그런 말을 입을 못 띠제. 사람들이 지 정신을 몬 차리마 다 그래 되는 거라. 다 살아와 가지고 그래 그 작단이라. 일곱이나 그랬어. 처음에 다섯이 들고 마시가 한목(한꺼번에) 죽고 그 다음에는 그거 먹으면 "죽는데이" 캤어. 그래도 "하이 머 맛좋더라" 카면서 둘이가 또 죽고.

자마미에서 있다가 바로 왔습니까?

미군한테 붙들리기는 자마미서 붙들린 기라. 거서 배 타고 니리 가지고 옷 갈아입고 드가는 게 자마미. 거가 인자 면 소재지거던. 거 전부 집단(합)시키는 거라. 거는 한 달 반 정도 있었지. 한 달포 지내고 나이 자꾸 왜놈들 뚜드려 팰라꼬 캐 사이꺼내 우릴 따로 갈랐네. 인자 수용소 간다 카는 거라. 여서 다부(도로) 내려와 가주고 오키나와 쪽으로 내리오다가 동쪽 편에 그 이름이 뭐더라? 야마가와, 산천(山川)이제.[24] 요는 산이 삑 둘러 이래 있고 솔쪽하니 저 땅이 진부 토지라. 거게 미군들이 철망을 하매(빌써) 져 놨어. 선부 간맥이 다 해 놨는데 함부래 터를 고랐더만은 벌판을. 밭떼기도 좀 있고 논떼기도 있고 이런 데라. 속은 쪼매난데 밭떼기를 반반 하이 잘 고라 놨더구만. 거 와서 우리가 여섯 달이나 있었거덩. 미군들이 함부래 이래(이리) 오도록 할라고 다 해 놨더라. 우리 한국사람 칸매기(칸), 일본 사람 칸매기, 민간 칸매기 따로따로 해 가주고. 그래가 거 있으면서도 거게 지금 말하만 포원(抱寃)진 사람 있거든, 왜놈들한테 많이 뚜디리(두드려) 맞고. 뚜디리 맞는 거도 어떻나 하만 참말로 지 행사(행세)를 잘하만 안 뚜디리 맞는데 말도 안 듣고 만날 엉기(심술)만 부리는데, 뭐라 카만(하면) 감(고함)을 꽥 지르고 "왜놈들이 시발 우리 잡아다가" 이카거든. "왜놈들" 카는 거 점마(저 임마) 굉장히 싫어하거든. 그걸 아주 싫어해. 그꺼 "당신네들이 이떻다" 이태만 밀한네 "왜놈들이 어떻다" 카마 저거들한테 시피보는(얄보는) 거 한 가지거든. 아주 그걸 안 좋아한다고. 그런 말하는 기 천지라. 그러이 뚜디리 맞고 그래서 "왜놈"이라 카는 그 소리는 몬하고 다른 거 쪼매 걸리마 고마 마

들고 패고 이랬는데. 그래 맞아도 정신을 못 차리. 한국 인종이 그래. 왜 놈들 들어오는데 보마 아주 선한 사람도 있거든. 선한 사람들이 보만 대략 학자들이라. 전부 학교 선생이라든지 재향군인들인데 나이가 돼 가주고 제대해 가주고 집에 있다가 붙들어(려) 가주고 왔는 긴데 배우고 교편 잡는 사람들이 영 행세가 다르다고. 우리 분대는 후꾸다, 법전(法田)이라 카는 사람이 있는데 고향이 동경 옆에 건데(거긴데) 그 사람이 소학교 선생 오래 했더라만. 나이 사십이 넘었는데 그래 놔 놓으니 뭐 말하는 게 아주 정당하게 하고 갈쳐(가르쳐) 주는 기 아주 참, 사람이 많이 배았는 기 났다 그래 내 생각이. 내가 분대장한테 뜨거운 면을 봤는데 하루는 "짐 실을 기 있는데 좀 실어도" 그래. 사람 여덟 명 딜고 가 놓으이 반장이 인자 빠이나뿌(파인애플) 간주매(통조림) 그놈을 사또깨비(사탕수수), 설탕 맨드는 수수깨비 있제? 그거 꽉 있는데 거다가, 밀가루 꽉 있는데 저 복판에 갖다가 부라(부려) 놨는데 그거 각 부대로 했는(보내는) 기라. 우리한테 돌아오는 기 아니고 일본 사람들, 군인이니까 돌아가는데 그날 그기 열시(세) 찬가(차인지) 열니 찬가 그마이 실었지. 한 차에 이백 개쓱이제. 한 박스에 통에 여섯 개 들었어요. 여섯 개 통이 이만하거든. 아주 아주 귀한 긴데 그기 어디서 마이 나오나 카만 삘리삔(필리핀)서 마이 나오거든. 참 맛이 좋아요. 그래 가주고, '빠이나뿌 그놈 여서 무(먹어) 보기나 함 무 보자." [차개 갈 때 마정(마다) 이놈을 하나꿈(하니씩), 하꾸(箱) 하나 띠 가지고 한 개 내 가주고 우~ 갈라 무 뿌고(먹어 버리고) 또 그러고 또 그러고. 그러이 여덟 갠가 아홉 갠가 조졌는 기라. 한 차 실리(실려) 보내마 저다가(저기에다) 불라(부려) 주고 한참 있다 또 오거든. 한 개쓱 내니까. 그래가 후꾸다 이 사람이 지녁(저녁) 땀(무렵)에 오디만은 "아오마쓰 여 좀 내려가자" 해. 내가 이름이 창씨가 아오마쓰 거든.[26] 그래 내까지 일곱, 전봇대 하나 들리나 놓고 날 좀 오라 카디 "아이고 너거 일시키 먹니(먹느니) 내가 죽는 기 낫겠다" 이카는 기라. 내가 깜짝 놀라 뭐 잘못됐습니까? 잘못됐으만 나무래이소(꾸중하십시오.) 뒤에는 안 그러겠습니다. 이 카이 "우에 시근이 그렇게 없노? 눈치 없이 그래 묵는 사람들이 어딧노? 너거 조센징 인종이 그런 짓을 하기 때무로 사람 신용을 못한다" 이기라. 이런 걸 묵으만 차라리 한 상자를 옳게 내 가지고 갈라 먹고 난중에 마지막 다 실을 때는 "한 상자 없다. 암만 찾아도 없다 [하고 숨갔(겼)으만 너거 탈도 없고 나도 탈 없는데 이노무 갈 때마정(때마다) 한 상자 한 개쓱 뺐 뿌났으니 시근머리가 없어도 우에 그래 없노? 그따위로 그러노?" 그카면서 고마 아랫도리를 채개이로(몽둥이를) 가주고(갖고) 탁 때리는데 아 채개이로 때리도 내가 참 우째 시근이 그렇기 없었노 싶은 기 "아야" 소리도 안 했어. 우리 잘못이 반듯이 드러나거든. 그 사람 시켜 났는 기 안 맞나? 선생질 한 사람이 그만치 점잖터라.

포로수용소 이야기 좀 해주십시오.

그래 인자 우리는 한투로(한데) 진부 한 칸에 느가마(들어가면) 되고 일본 사람들은 세 갈래 됐는 기라. 장성급들은 장성급들대로 칸맥이 솔게(좁게) 해 가주고, 그 다음에 하사관들, 장성급은 위(尉)자부터 인자 소위 중위개 장성급으로 들어가고 그 밑으로 오장(伍長) 이런 긴 하사관인데 고건 고대로 또 들어가고 오장 밑에 쫄병들은 그대로 킨을 해가 시 낱(셋)을 해 났더라고. 민간 넣는 데 또 따리(따로) 하나 하고. 참 너리게(넓게) 잘해 났더라만은. 철망 콱 쳐 가주고 얼마나 여무지게 해 났는지.

거 들어가서 있으니까네 [또] 싸워싸(싸워서) 돼야제. 내 안 카더나, [강제 징용 당하면서] 이넘들 장교들은 안 그렇고 쫄병들은 이 새끼들이 뭐를 잘못하니 잘하고 카고 말이지. 맥지(괜히) 할 일 없이 집적집적 나무래 가주고 때리고. 작대기까(로) 막 들이 패고. 일 하로(하러) 나가마(나가면) "저 백징(백정)놈 나온다" 이캐 샀는데. 그걸 그때는 다 참고 있다가 금마(그 임마)들도 인자 안 죽을라고 살아 들어왔는데 들어왔는 거 보면 "아무개 왔더라 이놈의 새끼 올 저녁 때리 직이(죽이자)자" 그라면 그날 저녁에는 맷이 간다. 그래 가주고 막 때리고 마마 발길로 차고 마 "너는 와 여기 살아 들어왔노 으잉? 너는 뭣 때매 살아가 들어오노? 거서 죽지, 자살하던동 하지 와 살아 들어왔노 말이야. 다른 사람 뚜디려 패가 죽이려고 시작었는데 너는 임마 안 죽고 될 끼가? 너도 여 죽꺼라" 그래가 실컷 패 주고 왔 분다. 그기 하루 저녁에 한 분 그러고 안 그랬으면 또 어떨란가 모리겠는데 밤에 한 세 분씩은 다 당했어. 우~가 가주고. 이짝은 기운이 나거덩. 점마들은 꼼짝 못하지. 그래 싸워 싸니. 그래가 독한 놈 한 놈은 마침 우물이 있었어. 옛날 거거 마실이 좀 있었는 모양이라. 거 마실은 하나도 없고 다 밀어 버렸는데 우물이 하나 있는 걸 그걸 안 메우고 그냥 뷈 뒀더만은(내버려 두었더구먼). 거 마 풍덩 빠져가 죽어 뿌는 거라. 뚜디리 패 싸이꺼네(때리니까). 그래 죽어 뿟어.

한국인들이 거기 가서 때렸다는 겁니까?

우리들이, 군속 갔는(간) 사람들이. 그넘들이 [먼제] 그래 때려 놓이 그걸 했는데 낭중에 아무 이야기 없데. 입도 안 떼데. 미군들도 그런 게 있다 카이. 미군들 꺼떡거리는 거는 사람 뚜디리 패고 할라고 그러는 게 아이고 맥지 쩝쩍거린다. 사람더러 에이에이 춤추고 이래이래 뭘 배워라 해 샀고 이래이래가 하면서 권투 배워라 카민서 꾹 찌백이고(내지르고) 캐 샀거덩. [웃음] 근데 그게 싱미(성미)를 맞춰 주면 참 좋은데 첨엔 그걸 모르거덩. 우리들은 말도 모리제(모르지) 뭐도 모르제 그러니까. 권투고 뭐시고 카는 거 천지 모르는데. 야구하는 데도 거 가마 구경만 했지 아무 것도 몬하고 그랬는데.

권투는 그때 처음 봤습니까?

권투는 그때 첨이지. 그때 우리는 권투카는 기 없었거든. 유도카는(유도라 하는) 그건 있었지. 야구는 우리가 안 해 그렇지 그전에부텀 알았거든. 야구도 그때 뭐 학교 다니는 아~들이나 선생들이나 할까 다른 사람은 잘 몬해. 여 오만 정구, 공 치는 정구 그기 젤 심했지. 그건 대략 다 하지. 야구도 그때 시원찮앴고 다른 거 뭐 하는 거는 영 서툴지.

와카(屋嘉) 수용소. 미군은 포로들을 나체로 조사받게 한 후 오키나와 주민, 조선인, 일본병으로 구분해서 수용했다. 수용소는 이중의 철책선 안에 미군 야전텐트를 설치해서 만들었다.[25]

수용소에서의 하루 생활은 어땠습니까?

미군한테 있을 때 거는 참 좋았지. 거게는 먹는 것도 충분하고. 먹는 기 뭐냐 하면 레이숑, 벤또(도시락) 매로 했는 거[27] 밥 해고(하고) 이런 건 없고 때 마중(끼니마다) 이걸 주는데 그기 아침꺼리가 있고 낮에 꺼리가 다르고 저녁꺼리가 달라요. 간주매가 뭐냐 하면 아침에 꺼는 소고기고 낮에 꺼는 양, 저녁에는 말고기도 있고 뭐 다른 거 찌지부리한 거 전부 모 다 가주고 해 먹이데. 그러이 저녁이 젤 못하지. 낮에 젤 잘해 줘. 그래 가 주고 그거 있제 과자 한 봉다리(봉지) 먹고 또 차 타 먹도록 설탕 이런 거 다 찡겨가(끼워져) 있으이.[28] 불 때가 탈 꺼도 없고 그저 물에 막 타 뿌면 (타 버리면) 돼. 타 뿌면 설탕 녹아 뿌니까. 거서는 양 딱 정해 한 무데기 (무더기) 요래 주마(주면) 우리 다 먹으니까 배고픈 줄도 모르고 배가 불 러서 뭐 아따 배부르다 카는 이런 것도 없고 그렇더라 카이. 그러니까 견 (전)디기가 아주 좋아요. 참말로 미군들은 그거 하나 참 멋지게 했어. 그 거 전장에 아주 필요한 기라. 금마들 보개또(포켓) 크지, 밑으로 이런 데 양짜 여 보개또 넣으면 사흘 나흘 먹을 꺼는(건) 넣어 간다. 여 양짜 주무 이(주머니)에 이러면 여 하나 여 둘 여 둘 니(네) 개 아이가. 니 개마 뭐뭐 사흘 먹어도 된다 카이. 그거마 되나? 그러이 그거 하나 멋지게 했고. 또 쌀은 식당 저테 있는 사람 저거 일주일에 하루쓱 먹는데 그거 밥해 주고 쪼매씩(조금씩) 떠먹고 짐치도 있고. 짐치도 우리매로(우리처럼) 고춧 가루 이런 짐치가 아니고 배차(배추) 간주매(통조림)로 했다 카이. 배차 를 이래 온 패기(포기) 큰 통에다 커단하이(커다랗게) 넣어 가주고 간을 넣어가 했는 긴데 낸주(나중에) 먹을 때는 딱 따게(잘라) 가주고 썰어 준 다 카이. 참 그리고 그 사람들이 해올 때 함부래 쌀 같은 거는 절대 큰 포대로 안 해요. 작은 포대로 하지. 금마들 그카데. "우리 부모들이 농사 지었는 건데 이걸 여 오다가 물에 빠져 뿌리면 다 내삐리 뿐다(내버려 버린다) 말이야. 그러이 큰 포대 해 가주고는 안 된다. 작은 포대 해 가주고 먹고 또또 갔다 먹고 이랜다." 그녀마들 묵을 식량을 아주 준비 잘했어. 일본은 내가 그거 할 때 쌀도 아이 이노무 자슥 큰 마대에, 그님 마대 금 마들 약한데 요렇게 매지도 몬한다카이까네. 해 가주고 툭 넣자(떨어뜨려) 터자 뿌리마(터져 버리면) 뭐뭐 퍽 쓰러지제. 과자 간빵이란동 뭐여 또 삼치 고등어, 고등어 말고 뭐라카노 방어, 이런 걸 잡아 가주고 간재비 해 가주고 군대 반찬 한다고 가주(가져)왔는데 우리 반찬이 아이고 전부 장교들이 다 먹는 기라. 그거도 큰 상자로 마 덮었는데 고기 그거요 참 무겁다 카이. 한 일곱 마리 여덟 마리 넣어 두면 참 무거버요. 그님을 소금 간 딱 쳐 놨제. 그걸 인자 미고(메고) 와 가주고 하는데 그게 물에 빠지는 게 많다카이까네. 그러이 히빨리(허실) 마이(많이) 되이. 그러이 뭐든지 전장에 오는 거는 개갑도록(가볍도록) 해 와야 히빨리가 덜 되지 무겁게 해 오면 히빨리가 많이 돼. 그때는 일본서도 그런 걸 생각 몬했던 모양이 지.

아침에는 몇 시쯤 일어납니까?

아침에는 대략 일곱시지. 우리한테는 점호도 필요 없고 저거 일어나는 소리 나마(나면) 일나(일어나) 가 주고 우리꺼정 및이(몇이) 아침에 조깅 한다고, 어데 먼 데 가지는 몬하고 그 안에 운동장 돌면서 이래 한다고 하지. 왜놈들은 뭐 "가라이 뭐" 히히히 생지랄하고 간 지르고 해 샀더라. 우리는 그런 것도 안 하고. 그래 여섯 달 있으면서 "일하로 좀 가자" 하데. 일곱이 오라 하데. 일곱이 갔는데 그게 빨래하는 데라. 고게

헌병대 한 부댄데 거기가 가마이 보니까 우리 지키는 사람들이라. 양짝 네 귀에다 마다리 해 놓고(포장을 치고) 우리를 앉차 놓고 저거는 거서 있다가 교대해 나가고. 그기 하내이(한 사람당) 두 시간쓱인가 그래가 교 대교대로 오고. 빨래하니라고(하느라고) 아주 재미났지 뭐. 빨래 거 맷 나(몇) 할 끼나(거나) 있나? 거 또 가죽고(가깝고). 거서 있으면서도 가는 사람 있드마는. 전근돼 간다 카면서. 이래 가주고 누가 하나 갈리간다는 사람 있으이 이노무 자슥 마마 깡통맥주 그넘을 두 상자 실어다 놓고 먹 어 대는데, 얼음에 묻어놓고 묵어 대는데. 그래가 "여 와서 하나 무라" 카더라고. 자꾸 무라 카더라고. 아따 그때 참 내가 한참에 캔 일곱 개나 먹어 봤더니. 다른 사람 갔는 거는 많이 묵는다고 묵는 기 뭐 두나 시나 더 몬 묵고. 아이고 깜짝 놀라더라고 "술 그르케 묵나" 카민서. 술을 생전에 안 묵다가 묵으니까 그래 마이 묵힌다. 그래가주고 잘 놀고 세월 로 보내고. 빨래하는 거 그거야 뭐뭐 시간띠기 아이가. 판때기 이래 해 놓고.

3. 1946년 귀향, 참말로 좋디만

올 때는 저거가 머이(먼저) 아데. 우리 간다 카는 거. 한 천막에 그게 그 사~진(sergeant)카는데 여 같으면 분대장카는 기라. 그 사람이 아침 절에(나절에) 불러가 "너거는 모래 간다" 그카더라. 하루 이틀 사흘, 사흘 만에 간다 이기라. 그래 어디로 가느냐 물으니까 '집에 간다' 이기라. 그래요? 하이고 고맙구만. 집에 가만 참 고맙구마 인사를 하고 "가는데 옷이 없단 말이야." 다른 사람은 그런 말도 없고 내가 캤거덩. 옷이 전부 여기 일하는 거 지(기)름 묻었는 이기고. "옷 한 벌 도(다오). 새거 하나 도" 카이 "아, 주지. 녤 지녀(저녁에) 갖다 주꾸마(주마)" 카데. 그러고 새 걸 한 불 갖다주고 신도 미군 워카신 그거까지 딱 맞차(맞춰) 주더라. 아이고 부산 와가(와서) 이노무 자슥 다 빼끼 부렸다.

누구에게요?

미군들이 거서(부산항에서) 가져왔는 거는 전부 내놓고 여 꺼 받아 가라 이기라. 일본놈 군복이 창고에 꽉 채 있더구마는. 마마 일본 군복 그거 전부 한 불(벌)씩 착 내던져 주고. 낭주(나중에) 여 기차 올라오다가 누가 말로 하는 기 "하이 고년들이 참, 하여튼 한국 년 때려 죽여야 돼"[해]. 뭐 때매 카노 카이 "우리 오다가 미군들 옷 다 빼낏제" "미군 끼(거)리고 돌라 카는(딜라는)네 줘야지." "미군은 다 내쳤 뿟는 긴데 여 여 여자들 양깔보 이것들이." 그르이(그러니) 오는 걸 이걸 좀 받아 달라 캤는 모양이라. 미군한테 고십(교섭)을 한 기라. 그러이 이 사람들이 전부 나와 가주고 이래 됐는 기라. 첨에는 모르지. 옷 벗으라이 빚을 굴 알고 물건 있는 거 전부 다 다 벗어 주고 시계도 전부 디 뺏깃거딩. 그기 낭중(나중) 알긴 알아도 이노무 자슥 입을 못 뗀다 말이야. 거거 뭐 미군한테 입을 띨 수가 있나. 그래 그대로 내버리 뿟지. 옷보따리 그걸 마이

(많이) 가져온 사람이 있었다. 여여 상주 사람은 옷 그걸 뭐뭐 열 불이나 미군들 짊어지는 포대 안 있나? 거 한 포대기 꽉 때리 여가(넣어서) 짊어 지고 왔다. 그래가 거 다 안 뺏끼나. 그래가 울미불미(울며불며) 상주 거 김 머시긴가, 거서 중대장하고 이랬다. 그만치 해가 와도 아무 소용없 더라.

미군들하고 말이 안 통했을 것 아닙니까?

그렇지. [그래도] 옷 이래 받을 때 고 말은 대략 다 손을 젓어가(손짓 발 짓으로) 그래 했거덩. [미군이] 삼월 이십육일 [오키나와] 상륙인데 사월 부터 [포로가] 되고 (있었으니) 근 일 년을 지냈으니까. 말하고 이런 거는 못해도 그저 손을 젓으마 대략 눈치를 버뜩(빨리) 알아채고 이랬다니까.

그때 시계도 있었습니까?

전부 미군 시계 찼어. 왜 그렇나 하면 [수용소에서] 비행기 프로페라 (프로펠러) 그넘이 떨어져 있는데 이만치 부러졌는 걸 누가 하나 조가(주 워) 왔는 기라. 이넘을 동가리(조각) 이래 끊어 가주고, 거 톱 썼거덩(많 거든). 그 사람들 거 뭐 쇠 끊는 톱이라는동 줄이라는동 온갖 거 썼단 말 이야. 그러이 거 가서 줄 그넘을 인자 도둑키(도둑질해) 오고. 저저 도둑 키기 전에 하나 좀 달라 카이 주데. 길에 쇠 뭉태기(뭉치) 갖다 놓고 막 손 잡고 [시늉하면서] 하나 돌라 카이 주데. 우에(어떻게) 가 주고 오는 동 송 곳매로(처럼) 요런 줄 요런 거, 넓띄기 하는 이런 거, 연장 없는 게 없어. 그래 프로페라 그놈을 동갈라 가주고 구멍을 뚤버(뚫어) 가주고 그래가 간다. 구멍 뚤리 뿌리마(뚫리면) 여다 동근 줄 넣어 가주고, 쪼매씩 뱅뱅 돌리는 구멍 있제? 그넘 넣어 가주고 실그마 잘 번진다 카이. 그래가 반지를 만들어. 이래 가주고 하나 맨들어 놓으마 그넘 가주고 미군한테, 지금 일하는 데 거거 가마 자랑시킨다. 아 그 참하게 만들었다 카는 기야. 그래가 지(저) 돌라 카거덩(달라거든). "첸지(change)!" 카거덩. [웃음] 바까잔(바꾸자는) 말이야. 첸지 그랬어. "뭘 첸지 하꼬?" 이이 시계 이게 없단 말이야 우리는. 이거 줄 테니까 시계 도(다오) 카이 그래라 카네. [웃음] 그래 시계 안 찬 놈이 없어. 고마 시계를 전부 다 찼는 기라. 왜 놈시대는 하나도 시계 못 찼는데, 아이고 배때기. 전부 그래 가주고 시계 다 차고 나는 올삼(상표명) 하나 해가 왔잖아. 올삼 그기 참 좋은 거거덩. 여 와 가주고 한 해 지내고 나니까 우리 아부지 환갑인데 돈 하나 가진 게 있나? 그래가 올삼 시계 그거 팔아 가주고 환갑 해줬다.

그건 배에서 내리면서 안 뺏겼습니까?

내가 함부래 시계 이넘은 안 뺏기야 되겠다 해가 양말 밑에 여다가 넣[에] 부렸어. 구두로 이래 해 가주고 양말 신었는데 양말 이거 벗지는 않 겠거덩. 그래 구두를 신어라 해 가주고 들어가이꺼네 구두 던져 주는 넘이 있고 옷 던져 주는 넘이 있고 내복 던져 주는 넘이 있고, 뭐뭐 전부 왜놈 꺼. [신은 게] 그걸 내삐리 뿌고 그대로 나왔다 카이. 그래가 시계는 안 뺏깃다 카이. 시계도 거거서 손목에 차고 있는 놈은 다 뺏았깃어. 다 벗으라 카는데 뭐, 바로 부산 항만가에서 거서 기차 타는 거는 인제 어디기나 서울이기나(이거나) 충청도기나 강원도기나 어디이기나 집 갈 때까지는 차비를 대 주는 기야. 전부 차표를 막 끊어줘. 철도에서 딱 끊어 주데. 그래가 나는 청천 여 와 내맀지.

집에 간다 캐도 의심이 나

청천역에서 몇 사람이 같이 내렸습니까?[29]

하나 둘 서이 너이 다섯, 다섯이? 한 사람, 대림에 허정재라꼬 그 사람 거서 죽어 뿟고. 여 저테 서이(셋), 김수만(金洙萬)이하고 김용수(金容洙), 이진욱(李鎭旭)이 나 너이다. 너이가 한목에 여 왔지. 청천에 저게 서이 우리 이짝에 너이 이래가 일곱인데 [다른 사람들은] 따리따리(따로 따로) 왔어. 한목 딱 나오면 되는데 한목 못 나오고 저거꺼정(끼리) 어불리 가주고 따리. 저거는 부대가 다르거덩. 우리는 삼부대면 저거는 일부대 이렇게 있거덩. "지금 볼일 있다. 어데 가 보고." 이런 것도 있고. 저리 경주로 둘러 오는 게 있고 이래 가주고.

청천역에 내려서 집에 들어올 때까지 어떤 생각이?

그때는 집에 간다 캐도 곧 의심이 나. 이게 집에 가는 긴가? 참말로 가는 긴가? 또 먼저매로(먼저처럼) 속아가 딴 데로 옮기는 긴가? 이런 생각이 자꾸 나더라 카이. 부산 와가 딱 떨어지니까 부산은 내 대분(즉시) 알겠더구만은. 마루보시 일하면서 짐 고거 하로(하러) 마이 다녔거덩. 부산 딱 도착하이끼내 '하 인자 참 오긴 왔구나' 그래. 내리니까. "미군 군복 전부 내놔라. 뻘가(벌거)벗고 서서 창고로 들어가면 된다" [하는데] 그거 뻘가벗었기나 뭐기나 하나도 부끄러븐 게 없고. 인자 여 왔으이 집에 한 번 가 보겠지. 부모 살았으면 함 만나 보겠지. 마음에 뭐뭐 우얄지(어떻게 할지) 모리겠더라. 내뿐 아니라 전신에(모두) 다 그런 모양이라. 그러이 얼른 차 올라 앉을라고 열심히. 부산 내리놔 노이까 우리 경상도에서는 아주 좋거든. 역이 많이 있거덩요. 중앙선 이래 있고 경부선 있고 또 경주선 이거 대구선 있고 이러이까 차 타는 데가 많타 카이. 저저 김천 가마 또 저저저리 문경 들어가는 차 있제. 참말로 그마이 좋디마는 빌어먹을 거 한 두 해 지내고 나이 아이고 그노무 유이오가 벌어져 가주고 으잉 전장을 그렇게 당코. 아이고 참 우리나라 형편없어. 그리고 거거 육이오 벌어지기 전에 뭐를 인년아들(이 녀석들) 지랄하고 똥도 아인(아닌) 노무(놈) 새끼들이! 뭐 그거 해 가주고 우리나라를 다둑거리고 뭐 이래 부모형제 만나가 모두 살도록 이래 할 줄 모리고(모르고). 뭐를 좌익이니 우익이니 하고 싸움을 해 대고 서로 죽이고 살리고 아이고 더러븐 것. 참 우리나라 인종들 참 아주 나쁜 놈들이야 두말할 꺼 없이. (흥분을 못 이겨서) 담배 한 대 풀라다. 무슨 지랄로 그런 지랄로.

집에 들어오실 때 그때 기억하시겠습니까?

기억하지요. 청천역에 내리니까 사람들이 온다고 수타(꽤) 여럿이 되더라. 한 사람이 하나씩 하면 댓이 되거덩. 그래 나와가 있는데 나는 거 아무도 안 오고 동생이 와 가주고 같이 올라왔는데 집에 들어오이 마 '인자는 살았다' 싶어. 집에 오이(오니) 문을 확 열어 놨어. 오매 아부지는 방에 가마이 들앉아 있었어. 여동상 남동상 있었는데 남동상하고 그래 어 꿈직이고 뭐하고.

징용 갔다가 함께 돌아온 사람들하고는 어떻게 지냈습니까?

안심면 사람 서른둘이 갔는데 둘이가 죽어 뿟다. 우리 올 때 그랬거든. "집에 떨어지고 딱 열흘 되거덜랑 우리 한 번 모이자. 열흘 전에는 가 볼 떼(데)도 있고 만내 볼 사람도 있고 볼일 있으니까 우야든농 딱 열흘 만에 만나자" "그래 함 만내자" 이캐 샀디 가마(가만히) 보이 만내자 말은 해 놔 놓고 이것들이 시원찮은 것들이야. 지즘(저마다) 집에 가기를 꺼리는 거야. 어잉 만내자꼬 말은 해 놔 놓고. 오마 뭐 술도 한 잔 내야 되고 그래야 되니까. 그래가 내부터 먼저 하꾸마(하마). 계추를 먼저 할 테니까 전부 우리 집에 모이라 그래 여 모였구먼. 그때는 통대구카는 거 그거 국 끓여 먹으면 좋거덩. 지금도 비싸지만 비쌌다 카이. 그넘을 한 마리 사다가 국을 한 솥 끓이 놓고 그래가 밥해 가주고 먹고. 술은 그때는 전부 막걸리거덩. 뒤에 도가 여 가따가(가서) 막걸리 한 말 갖다 놓고. 그래가 이야기를 하고 참 취했는데. 그러고 나서 그 다음에 누(누구) 집에 하든동 모이자. 먹고 싶어 그러는 거도 아이고(아니고). 어야든동(어쨌건) 우리 갔다 와 가주고 가령 가는 집에 사람이 죽었더라 캐도 한 번 가 봐야 되고 안 죽고 살아 돌아왔으면 더 고맙고. 그러니까 부모형제 간에 든동 처자슥 간에든동 우리가 거 가서 인사 함 하는 게 안 좋겠나? 이카이 까네 우리 집에 여여 와서 하 문(한 번) 해보고는 아 참 그렇겠다 싶은 게 지. 저거 아부지 다 있고. 아부지 죽은 사람이 서인가 그래밖에 없어. 그 남직에는(나머지는) 저거 아버지 저거 어매 다 있다 카이. 처도 있고. 그 뒤에는 의심 없더라. 그때는 전화 없는데 꼭 오라꼬 편지를 해 보내고 카면서 서른두 집을 다 찾아다녔어. 다 찾아다니면서 인사하고. 안식구가 죽고 없다고 하면서로 그런 집이 두 집이나 있어. 그게 참 섭섭데. 그래고 나서부터 참 인정답게 지냈지. (갑자기 언성을 낮추며) 그때 우리가 큰 싸움 한 번 날 뻔했어. 내가 마 일찍 문 닫아 뿟지[30] 그때 우리 마실에 여게 동장하던 사람이 배가(裵家)라고 내보다 나이 시 살인가 니 살 더하다. 그래 정월 보름 동회(洞會)인데. 여여 대략 옛날부텀 음력 보름 동회를 하거든. 지금까지도 그래요. 그전에는 양력을 할라 카이깨네 칩(춥)

단 말이야. 추버서 거거 방에 다 불을 땔 수도 없고. 음력 보름에는 아무래도 좀 녹거든. 그래서 음력 보름에 동회를 하는데 바로 그해라. 그래 닥칠 줄 누가 아노. 그때 우리 아부지는 연세가 좀 높으고 하이까 동회도 안 나오고 내가 나갔는데. 동회 전에 설 아래라. [강제 징용] 가기 전이거든. 저 밑에 있는 친구가 말하기를, "올개(올해) 너는 저 옷 한 불 타 입었제?" 이카더라고. 광목 다섯 마가 옷 한 불이거덩. 무슨 옷을? 누가 주더노? 나는 천지 모르겠다. 뭐가 글로(그러노)? 카이꺼네 "공출 완납된 사람 광목 다섯 마쓱, 옷 한 불 줬단 말이야. 너거는 공출 잘돼 가주고 그거 받아가 잘 입았다미" 이캐. 나는 거 모른다 이카고 히 뿟는데. 여러 소리 할 수도 없고. [사람들이] 대략 한 가마이 두 가마이 이거 안 줄라고 애를 씨고 낭중에 어데 끌려가 뚜드려 맞고 이랬거든. 예를 들자카면 여 넙 두면 안 되고 집 뒤안에 밑에나 뭐 어데 숨겨야 되거든. 그게 여여 면에 있는 넘들이 아나? 대들키는(들키는) 거는 주로 동에 동장 그 사람이 찾아 가꼬(가지고) "저 집에는 뭐뭐 묻어 놨다. 어데 묻히가 있다." 면 직원을 델고(데리고) 나오는 기라. 면 직원 델고 오마 마 이게 야단이거던, 곡슥(곡식) 묻어 버리고 이라마(이러면). 안심면에 마실이 서른일곱이라. 근데 좀 꼬끄라븐(까탈스런) 아~들이 밎이가(몇) 있는데 이것들이 말이지 시(쇠)작대기 기다라이(기다랗게) 한 자(尺) 되는 거 해 가주고 가주(가지고) 다니민서 콕콕 쑤시 뿐다. 참 몸서리 나더라. 뒤안으로 온 데로 다니며 콕콕 쑤시가 거 걸리마 곡슥은 곡슥대로 내야 되고 두 가마이 넘진 않애요. 많이 숨갈(숨길) 수가 없거든. 그래 공출 안 됐다고 그래 했다고 지서 붙들어 놓고 들고 패고 미마마 감옥소로 넘가니(넘기니) 어짜니 해 쌌고 생야단을 직이고(치고) 나머지기는 다 뺏기고 이런 짓을 했는데. 콕콕 이래 쑤시마(면) 구댕이 팠는 거 티 나거든. 그래가 몸서리 난다고 만주로 들고 텃는 사람도 있고. 나는 붙들리가 저리 가 뿌고. 동회가 딱 닥치가 동장[이] 뭐 이야기하고 어쩌고 해 샀는 거보고 내가 "동장함(한 번) 물어보자. 그때 가실(가을)에 우리 마실에서 공출 완납한 사람이 및이고?" "완납된 사람 많다." "그때 완납된 사람 비(베) 다섯 마슥 옷 한 불쑥 줬제?" 카이 "뭔 소리 하는 기라. 그런 일 없다" 하는 기라. "없기는 뭐, 다른 마실에 다 소문 다 나가 있는데." "이 짜식이 어디가서 씰(쓸)데없는 소리 듣고" 뭐시뭐시 [하더니] 대번 수판[을] 쥐고 있다가 이마를 때려 뿌는 기라. 피가 착. "에라이 빌어먹을 손을, 인자니 그래 나가니까 함 싸워 보자." 찾아보이 도망가고 없어. 저거 집에 가도 없어. 저 울로(윗) 마실로 텃는 모양이라. 여여 첩사이(妾) 쥐가(주어서) 살고 있고 이렇거든. 그래 마 할 수 없어 내삐리 뿌고 있었디만은 대략 마실에서 동장한테 좀 밑빈(밉보인) 사람은 다 붙들리 갔어. 그래 동장들 거 뭐 잘살지도 못하더라.

서른두 명이 내~ 만냈지

서른두 집 다 돌고는 어땠습니까?

[그러고도] 내~ 만냈어. 만나는 거는 반야월 장날. 하루 엿새거든. 그날 장에 가가 다 만난다고. 술 한 잔 하고 그랬지. 집에 돌아오는 기추는 그 질로부텀 치웠 뿌지. 장날 만내 가주고 놀고. 머 빌(별)다른 거 없고 내~ 술 묵는 기 일이고 그랬는데, 그노무기 그 질로 시작어서 일본놈이 돈 한 푼 안 주고 그양(그냥) 와 있으이 주무이(주머니)가 다 빈다 말이라.

집에서는 술을 안 담았습니까?

와, 내~ 담는데 대략 막걸리거든. 농지(농주)로 담아 먹는 거지. 그거 누룩 그기 잘돼야 돼. 누룩이 잘되만 술이 맛이 좋고 잘못됐 부만 맛이 없거든. 우리 할마이가 안 담는 지는 해방되고지. 해방되고 내가 내~ 일하고 댕긴다고 집에 없고. 집에 오만 술 한 병 사가 실컷 먹으니까 담을 여가도 없고 그러이 실찍하이(슬그머니) 술 담는 기 끊어졌 부데. 그전에 농사지가(지어서) [집에] 있을 때는 요런 단지에다가 담아 놓으만 아직(아침)에 나가만 함부레(아예) 술 한 그릇 떠 가주고 물에 태아(태워)가 한 그릇 주거든. 아침에 날 해북하만(해뜰 녘에) 그거 마시고 들에 나가 가주고 물로 대든동 논을 매든동 뭐를 몇 번 하고 이래 해도 '와 아침이 이제까지 안 오노?' 이런 생각이 없다 카이. 안 묵고 그냥 가만 '와 아침이 안 오노?' 이런 생각이 많이 난다 카이. 그만침(그만큼) 차가 나요.

형님들은 언제 한국에 들어왔습니까?

해방되고. 그 사람들은 일본 사람 [다] 됐다. 일본 사람 됐는 기 해방되고 나서 여 와노이꺼내 그래 됐지.

그러면 결혼도 일본 사람하고 했습니까?

일본 사람한테 아이고 [우리가] 대구 사이께(사니까) 대구 정씨. 큰형님은 대구 정씨 여 있는 딸아를 그리 델꼬 가 가주고 결혼하고 우리 작은형님은 여 와서 장개들고. 참 그때만 하더래도 여 형펴이 좋지 못했어. 우리 큰형님은 열일곱 살에 일본 살았거든. 나는 일곱 살이고. 그 길로 살리 가주고(헤어져서) 일본서 삼통 살고 장개도 거 가 들어 뿌고 아(아이) 배(배어서) 낳고 이랬는데. 그 질로 부자 간에 인정이 없어요. 작은형님은 뒤에 드갔는데 거 가도 아주 인정이 좋았고 참 아부지한테 그래 했는데 우리 큰형님은요 뭐라 카면, "그렇게 잘하면 와 이래 고생을 하노?' 내~ 그카고 아무 소용없었어요. 그래 지냈어요. 큰조카가 지금 육십여섯인가 일곱인가 됐거든. 그런데 우야든지 마 아무 말도 말고 냅두는(놔두는) 기 제일 편한 기라.

중신은 누가?

누가 델꼬 왔나 하면 저거 처형이라. 처형 되는 사람이 일본에 있었어. 그래 저거 처제를 델꼬 와서 결혼시킬라고 그래 했던 모양이라. 그래가 주고 [큰형님하고] 결혼을 했거들랑. 결혼한다 카고 [그러면] 아부지를 오라 카던동 이래 했으면 안 그랬을 낀데 아부지한테는 [결혼식이] 언제고 그런 말도 없었고 아무것도 없어. 결혼 딱 되고 나서 결혼됐다고 통기가 왔다 말이야. 그래 노이 아부지가 "이놈아 니가 장개를 가도 아부지가 있는데 아부지를 한 분 오라 카고 이래 가지고 하지 세상에 이런 데가 어딘노" 카미 미버(미워해). 마 그 질로 삐낀 택이라. 장개 들고 다 하고 나서 편지 통개가 왔단 말이여. [둘째 형님] 그거는 우리 이우제(이웃) 사람이거든. 그래 거 결혼하고 장개들고 그래 하민서 잘한다고 했지.

집에 편지는 어느 정도 자주 했습니까?

편지? 일 년에 한 더어(두) 번 올까 말까 그랬어. 그래 지냈다고.

큰형님은 어디 살았습니까?

해방되고 들어와가 대구 안 살았나. 처갓집이 남문시장 거거든. 시장에 쌀장사 했어. 소금하고 이래 해가 했다고. 그래가 돈 [꽤] 벌었어 그때.

작은형님은?

작은형님도 쌀장사 했지. 둘째 형님은 큰 장서 그거 했는데 사람이 아주 칠칠티라. 참 칠칠했다고. 우리 작은형님은 만내 가주고 "아이고 술 한 잔 해라" 하지 그저 지나가는 사람이 없었다고.

쌀은 그러면 고령에서 사 와서?

고령서도 가주(가져)오고 성주서도 들어오고 상주, 문경 거거서도 많이 들어오고 했지. 그래 그걸 가주고 묵고살고 했는데. [누님은 현풍 김씬데 거거 시집가 가주고 순 농사지 뭐. 아주 잘살지는 모했지만은 그냥 먹고사는 거는 돼요.

해방 후 숙천 마을에서는 좌익하고 우익하고 안 시끄러웠습니까?

붙지는 안 했어.

십일(10·1) 사건[31]이 날 때 동네에 혹시 무슨?

그때 십일 폭동이 안 날 낀데. 그게 다른 데는 어떤지 모르겠는데 여게는 보마 '뺄개이(빨갱이)다' 이캤거든. 뺄개이 아인데. 그때 뭐냐 하면은 십일 폭동카는 것이 공출 반대를 했거든 공출을 새로 거달라꼬(거두려고). 보리 거둘 때 나라 공출도 기다 가주고 전에 하던 거 여름철에 그대로 받아먹을라고. 전부 그거 반대를 했던 기라. 정부 저거가 그거를 잘못해 가주고 그래 됐던 기라. 그걸 반대를 해 가주고. 실지가 이북 좋아하는 사람도 있고 또 거서 넘어온 사람도 있어요. 지금은 아무렇지도 않고 이렇지 그때 숨어가 넘어온 사람도 있다고. 이런 사람들이 하나씩 쩡기(끼어) 있는 기라. 그거 인사 '공출 반대'라고 하자 '요시 이거 됐다' 그래 가주고 시끄럽게 돼 가주고 폭동이 됐지 실지 이짜 사람들이 그거 반대하고 폭동할라고 핸(한) 사람이 없다고. 및이 그랬지. 영천 가마 마이 있었고 또 칠곡 쪽에 저리로 가도 마이 있었고. 이 근방에는 그렇게 심하지는 않았어.

그때쯤 선거도 해봤겠네요?

그렇지. 그때 처음 선거할 때 여여 산 만데이(꼭대기) 여 붙잡고 올라가가 반대를 하고 생 야단났지.

그게 무슨 이야깁니까?

그때는 뭐냐면은 정부에서 자꾸 '우리한테로 따라와야 된다' 이기거든. 정부에서 공출로 막 거다가(걷어) 묵겠다 이긴 기라. 우에 됐든 간에 공출을 거다 묵겠다. 그래가 정부 살린대는 거지l. 그기 정부를 살리는 기 아이라 오히려 그래 가지고 점점 사람이 삐(뼈)가 뿌써지는(으스러지는) 기라. 자꾸 씨다바리(뒷바라지) 하다 보이 안 되겠다. 차라리 공산주의 하는 게 더 낫겠다. 이래 됐 뿟는 기라. 그러이 첨에 이 사람들이 아이고 그라만 공출도 치아 뿌자. 인자 안 한다. 일이 거의 이래 됐어.

전기는 언제쯤 들어왔습니까?

숙천에 들어온 거는 해방 후에. [그때] 강둑에 거다가 집 지(지어) 가주고 방앗간을 채맀는데 그기 우리 마실 사람이라. 그래 전기가 와가 있으이 여도(여기도) 전기를 함 땡기(당겨) 보자 말이 나와 가주고. 그때 숙천에 거가 과수원이 좀 있어 가주고 과수원 하는 사람들이 돈 좀 아무래도 낫게 만치(만지)거든. 다른 사람들은 입도 몬 떼고. 그러이 그 사람들이 "전기를 함 해보자. 얼마 되겠노? 우리 한 분 물어 보자" 캐 샀드만. 그래가 니 함 해봐라 그래. 내가 돈이 없어 모하이(못한다) 카이 "그카지

말고 같이 좀 일하자, 손이 없으면 안 된다" 그래. 그래 가지고 그거를
인자 송정[32]에, 그 사람이 허(許)간데 마실에 없다. 딴 데로 이사 가뿌고
(가 버리고). 그 사람이 전업소(電業社)에 댕기매 일을 좀 했는데 지가
[일을] 띠 가지고 나와가 [하면] 된다 싶었던 모양이지. 송정에 거는 한 오
년 전에 전기 들어왔거든. 그래 서이가 가서 "전기를 할라 카마 우에 되
겠노?" 물었더니 "전기 할라 카마 좋은 수가 있다. 첫째 전주가 먼저
다" 해. 해방되고 나서 산에 끌짜기 큰 나무 서가 있으면 다 비(베어) 묵
거든. 막 비 무는데 전주가 젤 큰일이라. '안동끄지(까지) 가면 비용이
들어서 안 되고 군위 가면 된다' 카더라고. 그래 군위 가 가지고 전주가
열한 개든가 열두 개든가 그걸 두 차로 싣고 왔는데, 당장 고거뿐이리.
그 우에(외) 꺼는 가져오지도 몬하고. 그래가 드문드문 세워 가주고 해
놔 놓으니 아이고 머 약하고, 이래 전부 카바(커버)가 됐다. 전기는 방앗
간에 저 양쪽에 있는 걸 땡기(당겨) 여 뿟다(넣어 버렸다). 방앗간이 이짝
에 사복[33] 마실 앞에 거 술집에[34] 또 들어왔다 카이. 방앗간에[서는] 싫다
카는데 마실 사람인데 우얄수 있나. 그래 사정하고 달래고 이래 가지고
전기를 연결하고. 그때 한 등 넣는데 만원, 만이천원인가? 비쌌지. 안 비
싸면 되나. 저 강가 전기 여까지 들어올라카이 전주 많이 씨(세)우고 원
가가…. 가마이(몰래) 했는데. 쌀이 그때 한 가마니 칠천원. 오십일곱 집
인가 그래 넣었지.

 미싱은 언제 샀습니까?

 미싱 샀는 지는 오래됐지. 해방 전에 신꼬(싱거)키는 기. 어매가 사사
주고 쓰다가 고상이 나 가주고 딴거 사고 그랬는데. 신꼬카는 거게 저 성
유리라고 좀 배웠고 약방도 하고 이랬다. 뒤에 왜 거 약방, 아들이 지금

하고 있는데 이 사람이 이래 가마이 해보이 장사가 되지 싶었던 모양이지. 그래가 그 사람이 이거 사 가주고 점원 디리고(들여서) 한 분 해보라꼬. 참 좋다고. 사마(사면) 된다고. 신꼬 같으마 내 이름을 미리 알고 있다 이카니. 아 그래 우에 됐던둥 이기 좋다. 일본 국가 낀데 좋다고 해 쌌더라. 그래 하나 안 샀나. 사 가주고 난제(나중에) 해보이 조금 안 있어 고마 고장이 났 뿌고 뭐 공굴릴라 카이 부속품이 많이 없다 말이라. 부속품을 구해 가주고 할라 카이 그넘이 더디가 안 돼. 그래가 몬하고 그냥 처박아 놨다가 고물쟁이한테 팔아묵었 뿌고 치았는데. 그러고 나서 다른 거 샀는데. 지금도 틀(재봉틀) 하나 있어.

다른 건 언제 샀습니까?

이거 팔아 가주고 당장 사는 기 어렵더라. 암만 해도 한 삼 년 지냈을 거라. 고장이 나도 손질해 가주고 닦고 씻고 이래 해가 그래 또 쪼매 해보다가 그러고 내~ 그랬거든. 우리 집 할마이 틀일 잘한다 카이. 삯바느질도 하고. 시집와 가주고 한 삼 년 휘[부터]지. 대략 한복 삯바느질이지.

이넘의 자슥, 전쟁을 두 번 하는구나

육이오 때는요?

젊은 사람들 막 붙들어 가 뺏는데 [나도] 붙들리 가 가주고 경산군에서 모이 가지고 학교 거 거 드가 가지고 죽 나라비(줄) 섰는데 내 앞에 서넛이 남았는 기라. 그때 마 인제 가는 갑다. 이넘의 자슥 전쟁을 두 분 하는 구나 그랬는데 [내 앞] 두세나 남은 데서 끊었 뿌는 기라. "뒤에는 가라" 카는 기라. 일꾼이 다 되었다 카데. 숫자 다 채웠다 카데. 앞에 서이 남았고 나까지 너인데. 그래 우리가 벼락걷이(같이) 좋다고 막 뛰어온 기라. [웃음] 참 배 땡기지. 바로 이웃이다. 우리 마실에 박화덕이라고 그 사람은 내보다 한 살 더 묵었는데 앞에 섰다가 붙들리 갔 뿟거든. 그래가 여 오면서 "세상이, 이넘의 자슥 법도 무슨 법이 이런 법이 있노. 나(나이) 작은 사람은 안 가고 나 많은 사람은 뿝히(뽑혀) 가고 이런 법이 있나!" 카고 [우리는] '나 많은 기 가야 거 가서 뭐를 우예 하는가를 알고 전장을 잘 치지. 나이 젊은 사람 가 가주고 전장을 우예 치노. 니 참 잘했다." [웃음] 그런 우스개하고.

동생은 그때 붙잡혀 갔습니까?

네 동상? 내 님동상은 그새 장교 아입니꺼. 그거는 내~ 학교 공부하고. 처음에 여 와 가주고 반야월 [국민]학교 저 졸업해가 중학교 저저 대구공고, 해방되기 전에 대구공고 토목과 나왔는데. 그래 가주고 측량도 잘하고. 공사 나갔는데 제일 첫 공사가 현대, 고령 나가만 [있는] 거 건데[35] 거 가가 측량하고 지가 맡아 갖고 그래 하다가 고마 육이오때 군에 [가서] 죽었 뿟어. 그걸 뭐라 카노? 군인 처음 설립할 때 그때 드가 가지고 대분 장교가 돼 뿟는데. 그래 돼 가주고 공군에 드가 있었는데. 처음에 드갈 때는 공군으로 되었딘동 뭐가 되었넌동 모르지.[36] 그래가 죽어 뿟어.

전사 통지서는 전쟁 후 얼마나 있다가 받았습니까?

그기 한 삼십 년 되었을 끼라.

피난은 안 갔습니까?

진쟁 때도 이 동네는 아무 그기 없었어. 전부 집에 여서 발만 동동 구르고 있었지. 저 건니는 [피난민이] 덮어씌웠거든. 진량면(珍良面), 저저

자인 들어가는 저는 우쪽에서 피난민들이 [와서], 청송(靑松郡) 화목 단
촌 그 지방 사람들이 많이 왔데. 그 사람들이 여꺼정(여기까지) 들어와
가주고 허여이 천막 덮어쓰고 있다가 또 연결을 시키가 청도로 넘어간다
고 이캐 샀는 바람에 난리지. 이 동네는 피난 하나도 안 갔어. 들어오지
도 않았어. 지줌(제가끔) 앉아서 내도록(줄곧) 발만 동동 굴렀다. 여는
우에 되겠노 캐가. 적군들이 경산군에는 하나도 안 들어 왔이이까(왔으
니까) 참 아주 효자지. 영천에는 마이 들어왔거든. 여 우에 신령, 청통까
지 다 들어오고 그랬는데 여게는 안 들어왔는 기. 그 때민(때문)에 내가
노래 쓰는데 '삼량(三梁)은 여기서 시발이라' 그랬어. 저 압량(鴨梁),
진량(珍良), 하양(河陽). 압량은 들이 너르게 있고 압독국이라. 저기 옛
날에 압독 나라지. 그래 압독국이 그 들 너른 걸 차지해가 있고 또 수세
(水勢)도 좋고 이래 놓이, 자인 저서 내리 오는 물이 거거 하고 그래 놓이.
압량은 오리 압 자거든. 오리들이 물진 데 많지 물 없는 데는 안 앉거든.
그래고 진량카는 거는 보배 진 자 어질 량(良) 자잖아. 아주 보배가 많이
있는 데가 진량인 기라. 진량이 참 좋은 뎁니다. 그러고 하양은 물 하(河)
자 빛 양(陽) 잔데 하양이 해방 후꺼정(까지) '헐코(싸고) 음석(식) 잘해
주더라' 소문이 나 가주고 운전수들이 말짜(모두) 전부 거 와서 대고 이
랬는데 인자는 아이더라. 영 틀렸더라.

어르신 집은 어떻게 했습니까?

우리 집도 가만 그냥 있지 뭐. 어디 나가도 옷가지는 있어야 되니까 옷
가지는 바쁘게 쌌지. 한 사람에 두 벌쓱 대강 쌌는데, 그래 가주고 바쁘면
퍼뜩 들고 나가면 되니까. 피난 가고 안 가고 그런 것도 없었어. 뭐 갈래
야 갈 떼(데)도 없고. 저 아래 진량면 거게[는] 들어 보마 사람들 피난 나

왔는데 청송군 부남, 밑으로 그래 가가 안덕, 또 현서 삼(세) 개 면(面)에 사람들이 거 다 나왔던 기라. 그때[는] 우리도 모리고(모르고) 있었는데.

징용 피해보상 받으려 선거운동

선거운동 같은 건 안 해보셨습니까?

선거운동? 거 싱거운 기 선거운동이데이. 나도 하 문(한 번) 해봤다. 젤 처음에 박해진이 나와가 [국회의원] 될 때. 그때 경산군에서 여덟 명이 나왔거든. 여덟 명이 나와 가주고 박해진이가 되고. 두번째 나와 가주고 방만수가 되고. 방만수가 자인 경찰서장 했다. 그럴 땐데 선거운동을 함 해보이 내 맘대로 안 되데. 사람만 싱겁고.

선거운동을 어떻게 했습니까?

다른 거 뭐 있노? 여 집에 가 가주고 하니깐 아무개 거 좀 해주자[하지.] "아이구 거 몰래(몰라)" 전부 그카거든. "누구 해주고 뭣이고 내 해준다고 되나?" 이카거든. 그거는 인제 속에 마음에 딴 사람이 있다 이건데 그래서 가마(가만히) 보이 아 내가 이래 안 되겠구나 [싶에]. 그카고 그 다음에 또 나오이까. 시 분 니 분 째꺼정(세 번 네 번 째까지). "와 가주고 뭐 좀 해도" 말만 해도 귀찮시러버서(귀찮아서) 운동 나왔는 사람한테 내가 캤거든. 챠라(치워라) 난 안 할란다. 거 선거운동 해 가주고 재미를 보마 다행인데. 내가 재미를 본다는 거는 내가 지정해서 하는 여게(여기) 다문(다만) 한 분(번)이라도 돼야 되는데 아무것도 안 되고 이러니까 일 해주(해줘) 봐야 소용도 없고 욕 얻어먹을 낀데. 그래 가주고 에이고 안 하는 기 낫다. 그기 핀타(편하다). 그카고 치워 뿟는데. 그러고 나서는 아이고 함부로 내한테 말하지 마라. 안 한다. 싱거운 것도 그것밖에 없다. 그카고.

선거운동 해줄 때 생각이 있어서 했을 것 아닙니까?

생각이 있지. (가슴을 치면서) 그때부텀도 생각이 내가 여 오키나와 가서 돈을 하나도 몬 받고 전신에 억울하게 돼가 있으이 이거 힘 좀 씨(쓰)도록 할라꼬. 내 그 마음을 가주고 어딘가에 붙어 가주고 함 해보자 카고 여당 사람 선거운동을 했는데 안 되더라 카이. [당선은] 됐는데 내 일은 안 되더라 카이. 말도 함 안 하는데 뭐. "아이 그거 안 되겠나. 우리가 국가적으로 하는 거니까 하면 안 되겠나. 걱정하지 마라" 캐가 그걸 믿고 사 년 동안 있으니까 안 되고, 또 안 되고, 그래가 삼통 넘어오는 기라. 그러이 소용도 없어. 일당이 어딨어? 아무것도 없어. 막걸리 같은 거 오후 만나마 한 잔 사 주는 그거지 뭐. 참 기가 맥히지.

4. 화폐개혁 바람에
논은 반으로 줄고

아~들이 커지니까 감당을 못해

어르신은 농사를 얼마만큼 지었습니까?

뭐 내 먹을 만치(만큼) 지었지. 논이 칠십 평하고 육십여섯 평하고 또 사백오십 평하고 그랬고, 밭떼기 쪼매 그랬지. 채소 쪼매 했고. [그런데] 내가 아~들이 많거든. 많이 낳아 가주고 아~들이 많단 말이라. 아들이 여섯 아니가. 아~들이 학교 댕기고 커지니까 감당을 못해. 뭐 도고 뭐 도고 캐사미. 그래 참 농사를 지어도 뭐 묵고살고 아들 그거 하고 나만 감당이 없어. 살림살이 그래 하데. 아~들 자꾸 커지거든. 커지니까 학교 가더라고. 학년이 높으니까 비용이 더 들제. 딸아 치워야 되고 뭐 우째우째 자꾸 집어 가야 되고. 넘의 돈 얻어 가주고는 안 되겠고. 그래 가주고 마 아무래도 시원찮다 싶어 가주고 논을 팔아묵고, 팔아묵고, 그래 그 길로 자꾸 줄아졌 붓지. 고마 살림살이가 줄어들어.

물은 어떻게 됐습니까?

이거 [보(洑)] 도랑이 역사[가] 참 깊으지. 내가 패장[37]할 때는 좀 마이 좀 숙어질 때지. 어른들 이야기 들어 보이 처음에 도랑 낼 때는 논바닥이 이마이(이만큼) 높은 데 있고 이마이 낫은 데 있고 이런 걸 도랑 뚫어 냈단 말이야. 기계가 있나? 전부 가래 이 까주고(이걸로) 퍼내가. 또 돌 많은 데는 등짐 지고. 그래 가주고 도랑을 뚫어 가지고 농사를 지~묵고(지어 먹고). 참 일 마이 했다. 여 식송량보(植松梁洑) 본대 참 거창했다. 올라가는 데 거 양짝 산 밑에 둑 보이소. 가당치 않았다. ㄱ 보에 일히는 깃이 아주 참 대역이지. 비 마이(많이) 안 오만 일이 적고 비가 마이 오는 데는 자꾸 도랑을 쳐야 되거든. 산에서 흙이 자꾸 내리와서 물이 맥히니(막

식송량보의 위치. 보에서 물을 끌어다 방아다리로 흘려보냈다고 한다.

히니). 사태구디(모래구덩이)니까 흙이 내려 올 수밖에. 그래서 그렇게 애를 먹었을 끼라. 끌어올리고 끌어올리고 맨날 이래 가주고 농사를 지(지어) 뭀는데(먹었는데) 인자는 보 치는 것도 없고 이러니까 태무심하지. 이짝에 사복(사복동) 앞에 거게 방아다리라 안 카다(하더냐)? 그기 뭐냐 하면은 옛날에 못에 물이 그리 떨어지는 기라. 물이 여 덜 맥히도록(막히도록) 할라꼬. 그래서 도랑을 쳐도 방아다리 거서 시작었거든(했거든). 거서 시작어가(시작해서) 절로(저리로) 강물 땡기는 데꺼정 올라갈 참인데 그기 아주 중요하지. 그넘을 예전에는 열다섯 가래나 했다 하는데, 한 가래에 사람이 열다섯. 그 뒤에는 열둘, 서이 그래 모있던(모였던) 기(것이) 난중에 우리가 일 맡아가 시작된 거는 열 사람이 모지리니까 열로(열사람을) 뽑아 가주고 내가 하는데 좌우지간 참 대단했다. 가래패장 열서이가 하나에 여덟쓱 뚫어야 한다 말이야. 논 두락 수가 열 마지기 같으마 그기 한 가래거든. 그건 매일 나가고. 아홉 마지기 같으마 열흘만에 하루 빠지고 그래 짜 놨어. 논이 닷 마지기 있으마 열흘 만에 닷새 나오고 보도감은 매일 나가야지. [또] 청천 마실 앞에 거 가마 오마데카는데 있거든. 달리 오마데카는 기 아이고(아니고) 여름 되마 비가 자꾸 오고 해 싸니 산에서 뭐(토사)가 내리와 샀는데(내려오는데) 늡을 헤기 이넘을 쳐올리야(올려야) [되거든]. [도랑에 쌓인 흙을] 쳐서 한 덩거리(덩어리) 끌어올리야 되고 또 한 덩거리 끌어올리야 되고 이러니까 이 마디가 사람 한 짐쓱이거든. 한 짐쓱 던지마 한 짐쓱 올라가니까, 그래가 한 짐쓱 던지고 또 던지고 이러니가 그기 다섯 마디라. [그래] 오마데라. 도로에서 이리이리 가마(가면) 그 위에 올라가서 주유소 하나 있지예? 거라(거기라). 내가 할 때는 오마데까지는 안 돼도 한 서너 질(길) 쳤다 카이. [한 삼 년 사이에] 그 자리에 철도공사 더 늘리면서 자꾸 비다 와가(와서) 덮히고 한께 지금은 그기 완전히…

일은 보통 언제쯤 시작합니까?

절(절기,節氣)로 했는 기라. 이월달에 뭐고 땅 녹았는 거 그걸 뭐라 하노? 춘분에 일 시작한다.[38] 내일모레 춘분 같으마 오늘부터 시작니라. 끝나는 거는 입하. 그래 가주고 밑에 [못에] 물이 꽉 채이마 도랑에 물낼 때 그거 까주고(가지고) 풀마(풀면) 전부 못 밟고 잘하거든. 이렇단 말이야. 그기 보름 동안 아이가? 한 질로 보름 동안 일해 가주고.

보 이름이 왜 식송량보입니까?

식송량 그기 심을 식(植), 소나무를 숨갔거든(심었거든). 그래 가주고 그걸 따라서 만들었는기라. 내가 보도감을 했는 기 오십몇 살인데 보도감은 대략 하 문(한 번) 맡으마 한 삼 년 하거든. 그 사람이 잘하마 계속해서 연장을 하고 또 연장하고 이래 하는데 그기 참 잘하기 어려버(어려워). 이기 관일(관청일)도 아이고. 마 군소리해 쌌고 지껄이 싸마(불평해 대면) 애를 묵는다 말이야. 오래 몬한다 카이. 도감은 총회가 있거든. 정월 보름날인가? 보름날이 아이고 열이튼날인가 열사흔날인가 되지 싶다. 총회를 열거든. 그날 마을 전부 모이 가지고 도감도 새로 내고 임원도 새로 내고 그래 하지. 그 [명칭이] 식송량기(계)지.

논을 팔기 시작한 게 언제부터입니까?

논 팔고 그때가 우엣노 카만 저 이승만(李承晚, 대통령)이 있을 때 돈을 분배 안 했나? 육이오 때거든 그기. 돈을 만원 바꾸만 그때 그거 뭐고 이천원 아니가.[39]

화폐개혁 말씀하시는 겁니까?

예~, 화폐개혁 바람에 전부 다 망했 붓는 거라.[40] 농촌에는 화폐개혁
땜에 다 절단 났 붓는 거라. 그때 이천 평 했 붓으니 제법 뭐. 그때 논 값
이 좋았다. 현 시세에 대(비)해서는 그거 참 땅이 좋다 캤는데 그걸 이넘
의 자슥 뭐 이천 배로 했 붓으니(값이 뛰었으니) 거 뭐 있노! 오십원씩 받
고 팔았다 한 평에 논 좋은 거. 그래 내가 그 논 다섯 마지기 그거 오십원
씩 받아가 팔았잖아. 바로 낼모레 돈 바꾼다 하고 있을 때 그때라. 쌀 한
가마니 여 만몇천원 할 때거든. 어잉? 쌀 한 가마니로 치만 십만원 줄라
했어. 에라이 빌어먹을 개놈. 그래 가주고 그 십만원 받고 쌀 한 가마니
내 가주고(팔라서) 집에 머 픈두 돈 만원 거 하고 그레 바꼈어. 그거 바꾸
고 머(뭐) 하노? 어문 돈도 없고 머. 살림살이가 그레가 절단 났지. 농촌
사람들 그레가 마이 절단 났 붓지. 그래 가주고 난중에 충당을 세울라 캐
도 아무 충당이 안 돼. 자꾸 줄어들지 충당 안 돼. 바꾸로는 여어서는 하
양농업은행에 갔지. 그때는 반야월 여는(여기는) 농업은행이 없었거든.

과수원 돌아다니며 품팔이

나머지 너 마지기는 계속해서 농사를 지었지. 한 오 년 육 년가량 지었
지. 묵고살기가 자꾸 곤란해지고 그래 가주고 가만 이놈 이래가 안 되겠
다 그래 [품]일로 하면서. 농사철 되만 농사짓고 그 남재(나머지)는 내가
사과나무 전지(剪枝) 그걸 참 마이 했다. 일 년에 어잇 덜, 아이(아니) 넉
달가량 했는데 그거 하만 상당히 벌이가 됐다. 안동 가서도 한 보름 하고
오고 청송 가시도 [하고]. 안동(安東) 일직면카는 기 올라가만 의성(義城
郡)캉(과) 바로 경계거던. 질목(길목)에 댕기는 자리, 이런 자리를 택해

가주고 거서 집에 제사 때가 되만 저녁 먹으만(먹고) 타고 여 오고 아직(아침)에 거 타고 가만 [되고]. 거~는 가만 한 달 반가량 했지. 그래 할 때 하루 오천원쏙 받았다. 그기 혼자 댕기는 기 아니고 서이(셋이) 짜고(한 조로). 큰 밭은 서이 돼야 되지 혼자서 그 일 못거든. 하루 오천원쏙 받아 가지고 한 집에 사십 일가량 한다만 그게 참 돈 많거든. 그래 그 참 재미 봤다 카이. 경주 가만 한 사십 일 하제. 청송 화목⁴¹⁾ 거 드가만 한 사십 일 하제. 과수원 그 집에 묵고 자지. 큰 밭대기 가 가주고(가서) 그래가 돈 벌어 가주고. 우에(어떻게) 됐는지 내가 하니까 참 잘한다 카메 그래 오라고 그래. 내가 집에도 잘 안 오고 그래 놓으니 [맏아들 중학교 여(넣어) 놓고 집에 우리 할마이가 "아이고 거 가 일이나 해가 오소. 학교 돈은 내가 대게" 그래. 그래자(그러자) 약속을 하고 그 자리에서 일당 마치만(마치면) 돈을 딱 찾아 가지고 [주었어]. 댕기미(다니며) 한다 카는 기 다른 사람은 안 그랬더라. 여 동촌(東村) 사람도 마이 있거든. 돈을 찾으만 저거끼리 한 잔 묵고 노름하는 것도 있고 이래 갖고 그래 몬했는데. 내꺼 정 딱 서이, 절대 함부래 여 누구라도 돈을 찾거들랑 너거대로 찾지 말고 나한테 맡기라. 하나도 여축없이(틀림없이) 내가 찾아 갖고 남기 주께. [그러고는] 하내이(한 사람당) 오백원 들어 오만오백원, 천원 들어 오만 천원, 돌아가는 대로 갚아 갖고 그래 해 놓으니 참 좋다고. "형님요 이런 일은 첨 봤구만. 아무개하고 일 가 보만 벌어가 저녁에 내~ 노름한다고 이래 한다" 그카고 "에 한 잔 묵으로 가자 캐서 한 잔 묵고 돈 찾아 가주고 쥐고 올 것도 없고" 그래. 우리가 여서 시마이하만(끝내면) 돈 찾아 가주고 거 나와 가주고 함부래 술을 한 서 되쯤 사. 사람 서이니까 하내이 앞에 한 되쓱 서 되 하마 충분하니까. "묵고 내리 가자" 그래. 하

만 [술 판] 집에 가서 술안주, 돼지고기 그거 옛날에 술안주 해 놓으만 제
일 좋아하거든. 거 김치찌개라. 돼지고기 김치찌게. 그래가 한 잔 묵고.
그기 제일 낫고 좋다. 마 그 이상 더 좋은 거 없고만 카면서. 하나는 죽었
고 둘이는 살아 있는데 지금 나이 거이(거의) 팔십 됐다. 지금도 날 만내
면 "아이고 형님 오랜만이구만. 놀러 한 분 안 오는교?"

갈 때는 버스 타고 갑니까?

예. 고가는 차, 고 통(通)에 되는 거 다 내가 맞차(맞춰서) 가거든. 연장
칼하고 가시개(가위)하고 [챙겨서] 차 타고 집 앞에 내린다. 차비가 그래
안 비쌌어. 다른 푼돈 쓰는 거 비하마 비쌌지만은 우리 벌이 가주고 하는
거 요랑(요량)하나. 화복 가만 고기 시간이 두 시간, 안동 일직 거 가는 거
는 두 시간 반인가 그마이 갔고 경주 가는 거는 시간 반. 그래가 오만(오
면) 간조를 해가(월급을 받아서) 오이까 [아내에게] "여여 돈을 누구 채
(빌려) 썼거든 채 썼는 대로 주라 말이라. 그 나머지 기는 이거까(이걸로)
해라" 마 맺기 뿌지. 그라마 좋다 카지. 이자뿟다(잊어버렸다) 캐 사미.

돈을 빌리기도 했습니까?

빌리기도 했지. 아들 큰아 그거 졸업할 때 돼 가지 작은 거 둘이 중학
댕기제, 그러이 머 돈이 감당이 없지. 그때 이자가 몇부 그것도 없고 대략
돈을 빌리(빌려) 가주고 오래 몬 주고 있으만 이자를 더 받는다 하고. 대
략 일부지. 일분데 [갚는 데] 한 달 걸리거든. 그래가 돈 주만 일부도 안 받
너라. 가마이 지내 보마 너무(남의) 걸 너무 허욕 내지 말고 너무 깃을 너
먹을라고 애쓰지 말고 그래 하만은 앞으로 사는 것도 그거하고 살림살이
도 우엣든지 낫사(나아)지고 너무 거를 허욕을 내 가주고 더 먹을라고 애

쓰만은 안 돼. 맥지 인심만 바까지고(바뀌고).

전지하려는 언제까지 다녔습니까?

전지하고 내가 또 접(接. 접붙이기)을 붙이로[다녔지]. 전지하고 나만
봄에 접붙이거든. 접붙이는 그기 얼마쯤 걸리나만 한 달 반쯤 걸리거든.
그래가 난제(나중에) 마지막 그거 할 때는 안동으로 청송으로 경주로 이
리 댕기이 그기 또그만침 걸린다. 그 접붙이는 나무 큰 나무 옛날 유와이
라고 있는 걸 부사(富士. 후지) 나오고 나서 전부 다 가는데, 그걸 갈아 가
주고 처음에 참 좋다고. 또 물건이 좋고. 유와이를 안 묵어 줬거든. 후지
는 색이 좀 좋아야 되거든. 근데 유와이 붙여 놓으만 색이 안 좋다 카이.
그래 가주고 값이 좀 적고. 그기 난제 차차 붙이고 나니 유와이 나무는 캐
냈 부고(캐내어 버리고) 전부 다 새로 심구고(심고) 붙이고. 처음에는 시
퍼런[걸] 부사라 카니까 긁어 먹으니까 맛은 좋은데 그래도 시원찮고. 그
다음에 다른 나무가 잡나무가 있는데 그래 접붙인 거, 그넘을 큰 거를 해
가주고 가지를 요요 올라서서 붙이고 나만 참 그놈 좋디만. 접붙이가(붙
여서) 삼 년이만 막 따거든. 첫 해 붙이 가주고 살고 그러만은 이듬해는
작게 나오지. 삼 년만 되만 마이 나온다. 하양에 접붙이는 기 많거든. 옛
날부터 능금나무 접붙이제 대추나무니 무슨 나무니 온갖 거 접을 많이
붙이거든. 그래 거 가만(가면) 비니루 봉지로(가) 이래이래 돼가 있어.
옛날에는 짚을 뜯어 갖고 했는데 짚 뜯어 가지고 하니까 아무래도 시원
찮고. 그래 가지고 많이 못 살렸는데 비니루 나와 가주고 하고 나서부터
는[안 그래]. 비니루 요만침(만큼) (구술자는 이 말을 하면서 자신의 검지
와 셋째 손가락을 붙여서 내밀었다.) 너브로(넓이로) 요래 끊으만 요거
가주고 질어(길어). 모중(종) 접붙일 때는 짧아도 되거든. 저 서너 번만

감으만 돼요. 고거 그래가 딱 묶아 뿌는데 모중을 그래 해 놓으만 죽는 기 영 적었다 카이. 접붙이가 감아 놨는 기. 옛날에 짚 가주고 감을 땐 아무리 감는다고 해도 여 바람이 들어가거든. 그러니까 모중이 죽는 기 많거든. 그런데 그거 비닐 나오고 나서는 참 하양 전부 부자 안 됐나.

비닐은 언제 나왔습니까?

우리가 접붙이러 댕길 때가 한 사십 넘기(넘어) 됐지. 그때 인자 비니루를 많이 했지. 비니루 그거 나오고 나서는 하양 같은 데 접붙이는데 거는 옛날에 전부 논뜰 해서 하던 데가 바까가(바꿔서) 전부 논뜰에 물 안 대고 전신에 비니루 매 가주고 접붙이 가주고 부자 다 됐다. 집에 일은 그거 하고 나서 쉼에 와서 하고 안 그랬나. 집에는 농사짓다보니까. 오월달부터 일철 아니가.[42] 그래 가주고 참 묵고살기는 살았는데 인자 와서는 그것도 안 되고 저것도 안 되고 아무것도 안 된다.

마을에 경운기 들어오다

리어카는 언제 장만했습니까?

리아카 나온 거는 방만수, 우리 경산군 방만수 국회의원. 여여 첫째[43]는 박해진이고 둘째[44] 나올 때 방만수 되었는데 나올 때 "지게 없앤다" 안 캐 샀나. [선거공약이] "첫째 지게 없앤다". 지게를 우예 없애노 캐 사이 "지게 없애기 숩다. 리아카 만들어가 졸졸 끄지꼬(끌고) 댕기마(다니면) 마 지게 지는 거보도 얼매나 사람이 수월코 좋은데 맥지 지게 지고 되(힘들)도록 하노. 리이가 끄지꼬 해라. 사싯 서 내년에 전부 리아카로 다 운반해가 하도록 하자." 이래 샀거든. 참 그러고 나서부터 전부 리아카가 터져 나가는데. [웃음] 그래가 리아카지.

라디오는 언제?

라디오가 나왔는 거는 리아카 그거 하고 나서 한 삼 년 후일 끼라. 거 처음에 나올 때는 전기 맞찰(출) 줄을 잘 몰라 가주고 고장이 잘 나고 터져 뿌고 이캐 샀는데. 한 일 년 지나고 나이 고마 마 맞차가(맞혀서) 잘하데. 학교 당기는 아덜이 마 배우고 공부를 하고 이래 놔 노이. 내가 라디오를 채린 거는 영 뒤에고 마실 사람이 라디오를 하나 채리 갖고 있는 그거는 우리 큰아(아들) 학교 삼학년 때지 고때가. 연속극 그거 마이 했지.

경운기는 언제 들어 왔습니까?

경운기? 그 저 동경올림픽 할 때 그때 일본 올림픽 갔던 사람이 거 경운기 나온 거를 보고 해가(사서) 온 사람이 있거든. 그게 여만(여기만) 온 기 아이고(아니고) 각 도마다 돈 냥 징긴(가진) 사람은 거 가서 했는데 그거 하고 나서 이짜 우리 과수원 하는 사람들이 가마(가만히) 보이 참 그놈 필요하겠거든 엉?[사과] 내 가주고 팔아묵기도 좋고 뭐뭐 이래 노으이 과수원 징기는(가진) 사람이 대략 그걸 하나 샀는 기라. 그래 사고 한 삼 년 시들었지. 한 삼 년 시들고 나서는 그때 지방 경운기가(를) 만들어가 나오고 했는데 그럴 때 내가 샀거든. 우리 마실에서 내가 젤 먼저 샀지.

얼마쯤 줬습니까?

그때 그 경운기로(를) 단위 조합에서 돈을 얼매(얼마) 보태 주는 게 있거든. 그래 거 보태고 내 돈 얼매 내고 이래 가지고. 돈이 삼칠제로 내가 삼(3)을 내지. 칠(7)을 정부에서 보태 주고. 그래 가주고 모도(모두) 많이 샀다 카이. 지금은 마 경운기가 천하고 형편없이…. 그거 할 때 그때는 참 좋았던 갑다(모양이다). 그래도 경운기 사 가주고.

성당은 언제부터 다녔습니까?

지금 사십오 년쨀가 사십육 년쨀가 그런데 성당을 갔는 거는 누가 가자 카고 누가 뭐 성당이 좋다 오너라 이래 가지고[가 아니지]. 저 서울대학교 유홍열(柳洪烈) 선생의 역사책을 내가 깨울칠 쯤이었어. 참~ 상세하데. 아하, 사람이 이렇구나 뭐로(뭘) 믿고 내가 힘을 얻을라 그라마 천주교를 해야 되겠구나. 다른 교는 봐도 아무꺼도 없어. 이○○ 씨라고 친구가 여 마실에 살았는데 내가 자청으로 내 요번 주 주일부터 성당에 나가꾸마 되겠나? 카이 "허이구 온다 카믄 되지 참말가?" 그래 놓고 좋다고 "오늘 고마 술 한 잔 해라" 그래가 술을 한 잔 묵고는 그담 주일부터 나가게 됐어 삼통 교 됐어.

새마을운동 와중에 아래채 짓고

그린벨트로 지정[45]될 때 동네에 무슨 말 없었습니까?

그린벨트 될 때 [우리개] 난중에 우에될동 모르는데 어떻다 이래 말을 하니까 면 직원들이 나와 가지고 그랬지. "그런 걱정은 하지 마라 말이야. 그린벨트카는 게 이기 임시 여게 하는 기지 이거를 사시(四時)로 잡아 놓고 다른 거 몬하도록 하만 누가 살겠노? 머 정해도 한두 해, 한 오육 년은 갈 끼다. 그래만 알면 된다" 이카거든. 지금도 그 말을 우리가 한다꼬. 그런 땜시로(이유로) 했지. 그런기 차차 더 여물어졌 뿌는데 뭐. 그린벨트카는 걸로 묶어 놓고 안 푸는 기 아주 나쁜 짓이라꼬. 뭐 전신에 그래 노이 땅덩어리 헐케(싸게) 지(집어) 묵을라고. 그저 안 지 묵나 이거, 생활한게(하니까) 참 희한해. 여여 개코도 아무것도 아닌 놈들이 들어서 가꼬(들어서서) 쥐 묵을라고 전신에 지랄. 여 노무현 같은 것들은 지가 뭘 안다고 시발놈들이, 더러븐 놈들, 전부 다 쥐 묵고. 그후에 마을에 이야기도 안 했어. 이야기할 것도 아무것도 없고. 농촌 몬살도록 한다 그카고 말도 안 했어.

새마을사업⁴⁶⁾ 할 때는 어땠습니까?

새마을운동 할 때 잘~했지. 나는 그때 간부도 아이지만은(아니지만) 총회의 할 때는 몇 번 갔지. 새마을사업이 첫째로 질로(길을) 맨들어야 그기 되는데 본대(원래) 여여 골목에(이) 담이 질고(길고) 새(사이로) 이리이리 이래 댕기야 되는데 복판이 요요 깨부데이(꼬부랑하게) 됐는 기라. 리아(어)카로 댕기지 뭐 차 몬 댕깃거든. "어떻게 하자" "치아(치워) 뿌자(버리자)" 카고 이래 샀는데. 한 시 분인강(인가) 니 분인강 모이 가지고 내가 캤어. 그라지 말고 여게 여 담을 이리 안으로 땡기(당겨) 들라야(들여야) 된다. 양짝을 땡기마(당기면) 지금 요기서 한짝에 한 자 쏙만 땡기믄 큰 차는 못 오지만은 쪼매는(작은) 차는 안 댕기겠나? 한 자 쏙만 떼 들룻차(떼어 들이자). 우야든 간에 두 평까지는 마실에서 지원을 해주고 두 평 넘으마, 두 평 반 되믄 반 평 값은 더 주꾸마(주마). 땅값을 헐하게 치나 비싸게 치나 이기 문젠데 아주 최고는 안 되지. 이짝 들은 좀 헐코(싸고) 저 넘에(넘어) 들은 좀 비싸고 이런데 반 평 값을 어떻게 쳐주노 카믄 저 넘에(넘어) 들로 해 가지고 비싼 거 택해야지. 그럼 뭐 좋다. 그렇게 해라고. 누구라도 다시 이야기 하지 말라고. 그때는 [또] 모두 흙담이었거든. 흙담이 먼지도 나고 브로끄(블럭)가 더 좋은데 브로끄 추진해 주꾸마 어떠노 됐나? "그래 좋다." 전부 다 그래 해 가지고 집을 짓기로 해 가주고 [했는데] 요요 가부(커브) 들어가 꼬꾸레이(꼬부랑하게) [된] 밑에다가 밴소(변소)를 딱 만들어 놨거든. 그래 놓으이 "에이 밴소를 댕기기가 힘들고 뭐 어떻고" 군소리해 사미(해 대며) 어쩌고 하다가 고마 안 하고. 아이고 내가 억지로 클(말할) 꺼도 아이고(아니고) 젊은 사람들이 요량(요량)해서 하겠지 그러다가 내비리 뿟지(내던져 두었지). 그런 기 여 한 서너 군데 있다 카이. 고 담만 요래요래 해가 넣어 주믄 되거든. 그걸 안 하고 딴 사람이 뭐 잘하니 몬하니 나무랜다 카이. 에이 고마 치아라. 맥지(괜히) 씰때(쓸데)없는 소리 이캤다가 저캤다가 해사믄 그거는 싸움만 억지르지.

길 닦는 일은 어떻게 했습니까?

[담 쌓는] 일은 즈그(제) 집에서 하지. 각자가 하는데 브로끄는 마실에시 대 주고. 나세(나중에) 길포장 하고 하는 거는 일로 하다 보면 뭐가 나오거든. 포장하는 거는 그래 가주고 했다고. 이넘을(이 일을) 다 하고 나이(나니) "참 좋다" 고 "참 잘됐다" 고 떠들어 대디만 이넘의 자슥 지금 와서는 뭐를 서로 니가 많이 드(들어)갔니 내가 많이 드갔니 내~ 잔소리해 샀고. 그래 내가 느그(너희들) 그런 소리 하지 마라. 느그 득될 만치 했으마 됐지 얼매나 하노? [하면] "우리가 뭐 덕 봤능교?" [해]. 땅이 한 조각도 안 되는 이걸 땅 시 평쑥 [돈] 안 받아 먹었나. 그러면 됐지 얼마나? 고 들어가는 질도 집에(이) 있는 질이 아니거든. 집 드갈 때 질 같으마 안 되지. 여는 옛날 밭데기 질이거든. 과수원이나. 그기 인자 뒤에 집들이(을) 짓고.

지붕 개량은?

그런 거는 뭐 말도 안 했고. 새마을사업 할 때 그때 집 짓는다 카고 저 아래채 지 뜯어 뿟다. 칠십년도에 그린벨트가 묶였다 아이가, 뭐 할 수가 있나? 그때는 내가 돈도 없고. 그래 가주고 아무것도 몬하고 그래 있다가 아~들은 많제 이것 가주고는 도저히 방이 안 되겠다 싶어 가꼬. 단협(단위농협) 직원이 "그러만 한 번 해보소" 이래가. 그래 여 이래 짓는다 카는 기 할 때 돈이 없어가 아이고 더러버서 참 죽겠데. 그럭저럭 이제 어부리가(어울려서).

그럼 방이 지금?

방이 시나(셋). 접(겹)집이니까 여가 두 개거든. 그래 방이 시 개라 저거 아랫방에 하나 여(넣어) 놓으이. 본대(원래) 조 있을 때 방이 없었거든. 저 방 넣어 가주고 할마시는 여 자고 나는 저 자고 만날 그래 잤지. 저그매(저희 엄마)는 딸아~들 들꼬(데리고) 자고 머슴아들은 저거가 어떻게 자든둥. 내는 인자 마 아랫방 저거 하나만 혼자 차지해 가주고 자고. (아래채 방 옆을 가리키며) 부엌 저게는 본대 마굿간을 했는데 이제 머소 믹일(먹일) 힘도 안 되고. 소 믹일라 하믄 일꾼이 하나 따라야 해. 한 오 년 전까지는 믹있어요. 작은 거 한 마리 키워 가주고 부리다가 돈 질날 만(될만) 하믄 팔아 뿌고 또 작은 거 사와 가주고 키우고 내~ 그래 했지.

소 사러는 직접 다녔습니까?

소 팔러는 장에 몰아 주면 소재이(쟁이)들, 거 소 중개인들 안 있습니꺼. 주로 하양장l, 반야월은 덜 묵고 하양 소재이(우시장이) 크~다. 지금은 하양 소재이 치아 뿟고 여 반야월도 치아 뿌고 없고. 그래 중개인한테 머이(먼저) 맽겨 두면 [팔고]. 소 그기 지금은 저울로 달고 [하지만] 예전에는 그런 기 없거든. 그냥 눈으로 보고 "얼매 치자" 카면 그만이거든. 그러이 이넘의 자슥 만원짜린둥 오천원짜린둥 모른단 말이야. 그래 가

일곱 살에 이사와 지금까지 살고 있는 집. 구술자는 혼자 이곳에 남아 있었다.

주고 옛날에 중개인들 돈 잘 안 벌있나?

팔고 송아지 사면 돈은 얼마쯤 남습니까?

그거 남을 때도 있고 안 남을 때도 있어. 소라카는 기 남을 때는 우야만
한 이만원 쳐질 때도 있고 안 남을 때는 보만 머 술한 잔 묵을 꺼리도 안
돼. 장 요구(요기)를 하고 가야 되는데 장 요구 할 꺼리도 안 남을 때가 있
어. 그럴 때가 있어. 중개인들 다 퍼 조 뿌고(주고).

돼지는 언제부터 먹이기 시작했습니까?

믹인 지 오래됐어요. 이거 집을 짓기 전에는 돼지 우리만 쪼매 세워 가
주고 및 마리 믹이고 하다가 여 이 집 짓고 나서 저것도 같이 따라 지어 가
지고. 그전에는 터가 저 앞에 너리니까(넓으니까) 앞에 저 담 쪽에 쳐 가
주고 그냥 쪼매. 이 돼지 우리 아이(아직) 그냥 있어. 나는 그때 그거 해
가주고 집에 씰(쓸) 일 있으면 잡아 씨고 이래 할라꼬 돼지 한 마리 믹이
고 했디만 재미 봤어. 첨에 한 해쯤 고생하면 돼. 여 한 칠, 팔 년 믹있는
데 돼지야 암돼지 한 마리 수돼지 한 마리 있으만 돼. 새끼 놓으만 그것
가주고 키우고, 그것 가주고 키우고 그래 하만 아주 잘 크고 묵을 거마(것
만) 잘 대 주마 아주 돈벌이 된다. 내~ 팔아무(팔아먹어) 가주고 사다가
넣고 이래만 돈벌이 안 돼. 소는 사다 여야(넣어야) 되기 때문에 디다(힘
들다) 카이. 내가 [돼지를] 믹이 가주고 팔고 하다가 칠 년쯤 되니까 고마
마 저 저 돼지 그거를 못 믹이기 했거든. 정부에서 못 믹이게 해 가주고
그래 치워 버릿잖나.

요새도 품앗이 합니까?

아 거 하는 사람 있지. 농촌에 농사일하는 데는 그런 기 있다고. 내가

놉[47]을 해 가주고 일을 하는데 '니 여(여기) 일 좀 해도 그라마(그러면) 뒤에 일하는 거 내가 해주꾸마(주마)' 이래 되마 그건 품앗이고 '품을 얼마 주꾸마 하자' 카마 이거는 품앗이 안 되고. 그래 [놉] 하는 사람 많 앴지. 그기 농사지을 때 똑같이 그래 일로 해 나갈라 하면 원칙으로 땅이 좀 많은 사람[은] 두 마지기 머이(먼저) [모를] 숨갔(심었)으면 한 마지기 는 내일 숨구고 한 마지기 안 되는 건 모레 숨구고 이래 차례로 해야 되는 데 그기 그래 안 되거든. 여기 하고 나면 이놈의 자슥 여 어중간하다고 작 은 거 이거부터 숨궈 뿌는 기라. 논이 이 집으로는 끝났는데 아직 해가 있 단 말이야. 그러면 "아직 해 있다. 우리 저거 잠깐 숨구고 가자" 막 끄 질고 간다. "어허 그 참 이카면 큰일난다" 이카는데 땡기 가가(가서) 거서 숨가 뿐다. 뭐 다 숨굴 수 있거든. 논 댓 때기 거야 까짓 거 다 숨가 뿐다. 이튿날 가면 또 이사가(잊고) 이거 해 뿌고. 내가 같이 일찍 숨굴라 고 생각했는데 저거 다 숨가 뿌고. 나는 늦어지잖아? 그러면 '마 안 되 겠다' [하고] 지녀(저녁에) 가 가지고, "니 좀 해도." '[품앗이] 어불 리(어울어) 놨다미?' "어불리 놔도 뭐 저 집은 바빠서 안 된단다. 천상 (할 수 없이) 내일 좀 숨가도." 이래가 놉해가 먼저 숨가 뿌는 기라. 그런 수가 마이 있어. 그래 가주고 몇 집이 '오르이(옳으니) 그르이(그르니)' 카고. 그건 아주 나쁜 건 아니거든. [그런데] 우야다 보마 여 낙오가 돼. 그래 가주고 서로 심장이 상해지고. 거 심장 상쿠로(상하게) 할 필요가 없는 거라. [나도] 아이(아직)까지 논 마지기 짓고 안 있나, 가 보지도 모 하고 그냥 그래가 안 있나.

머슴은 부리지 않았습니까?

일하는 사람 없었어요. 동네[에선] 머슴들 더러 있지. 한 십오 년 전에

[까지도] 머슴살이가 좀 있었어. 그 뒤로는 차츰차츰. 인자는 머슴 살라 카는 사람들이 없고 전부 머 땅을 도지 (賭地) 사 가주고 농사짓고. 그거 안 할라고.

대구로 편입[48]되고는 어땠습니까?

마을 분위기가 안 좋지. 이래 가마 좋다 이런 사람들도 있고. "한테로 가면 뭐하노. 전부 저거 다 처먹었 부고 아무꺼도 주도 안 하는 거. 촌, 면 에 있는 기 훨씬 낫다" 그래 쌌다가 결국은 합쳐지지 할 수 없는 기라. 마을 사람 고대로 다 있어. 달라졌는 거는 농촌에 무슨 대부 주는 기고 종 자 무엇이든동 이래 해가 주는 기(게) 틀리지. 대구도 영판 복판에 중앙 통이나 뭐 이런 데 사는 사람 같으마 함부레(아예) [농토가] 없었으니까 생각 없지만도 우리 숙천 같은 데는 아직까지 반틈은 농촌이고 이러니 사는 사람들이 곤란한 기라. 하양 경산 같은 데는 채소 종자나 나락 종자 나 뭐 종자씨 이런 거 좋은 거 구해 가주고 전부 노나(나눠) 준다 말이야. 그래 우리가 그짜(그쪽) 아는 사람 해 가주고 채소 씨라도 얻어 가주고 수확한다. 나락도 그렇고. 도시 여게는 절대 그게 없어. 도시는 농사 안 짓는다 이기라. 그러이 어기가 차(기가 막혀).

스물다섯이 모여 동갑계

계(契)는 몇 개나 했습니까?

기(계)가 상당히 많앴지. 제일 먼저 했는 기 동갑기고. 오십두 살 됐을 때 했거든. 그기 안심면 전체 모임을 했으니까. "모이라" 캐 가주고 안 오는 사람 치아 뿌고 오는 사람만 했는 거지. 그기 거의 이십오 명이라. 이십오 명 모이 가주고 사진을 찍고 그래 했는데 그 사진도 없어졌 붓어.

중간에 한 삼 년 지내고 나니까 한 서넛이가 죽어 뿌리. 죽고 나서는 "아이고 그거 사진 찍으면 안 되겠다. 사진 찍지 말자" 카고. 그기 처음에 모을 때는 "우리 죽을 때까지 가자" [해 놓고는] 해산됐는데 올개 한 십 년 됐 붓지. 십 년 전에는 다섯이 남고 다 죽어 뿌리고 없어. 그래 가주고 "안 되겠다 이카다가 나중에 다 죽겠다." [웃음] 그래 마 해산했 부고. 지금 나꺼정 서이 남았어. 나머지기 다 죽었 뿌고 없어. 회장이(은) 뭐 한해? 아니 두 해 하고 나마 딴 사람 하나 하고 또 딴 사람 하나 하고. 내가 중간에 회장 두 해 [했어]. 그때 나는 먼 데 따리(따로) 내 혼자 있거든. 제일 먼저 회장이 반야월, 그 사람이 정 뭐시긴데 참 오래됐어. 제일 먼저 죽었는 사람은 회장도 아니고 아무것도 아니고. "모이 가주고 그거 하면서 우리가 놀기도 하고" [해서] 모았는데 그 사람이 먼저 죽었 부데. 한 해 지내고 죽었 부데. 시 분째, 반야월 단위조합장 하던 사람이 아직 살아 있다. 다친 지가 근 십 년 돼 간다. 안 죽고 있으니 고마 죽을 운수가 그래 됐던가? 우리가 해산했 부고 한 해가 지내고 음력 정월 섣달그믐 때라. 그때 자주 만내도 못하고 설 장 보러 댕기고 있을 땐데 이 사람이 술로 한 잔 묵고 재미나게 놀다가 오는데. 그 사람 집에 드갈라 카마 골목에 이래이래 들어오다가 가보(커브) 여여 샘이 [있어]. 그떼는 수도노 없고 아무 것도 없을 땐데. 그래 샘에 물이 얼어가 얼음이 떵떵 얼어가 그거를 우에 잘못 디디 가주고(딛어서) 죽~ 미끄러져 가주고 궁디(엉덩이)를 콱 박았는데, 그 궁디 박았는 기 안 나사(나아) 가주고 애를 먹었지. 그 사람 이 지금끼지도 고생하고 있어. 지금 쪼매씩 걷는다 카더라.

계추는 일 년에 몇 번 했습니까?

일 년에 두 번이지. 모이 가주고(모여서) 하는 기추 그거는 시월달에 날짜를 정해 가지고. 고기 날짜가 시월 보름 지내고지. 보름 지내고 며칠 날인가 모리겠다. 그러고 나서는 봄에 오월달. 봄에 기추 가는 거는 날씨 봐 가미 대략 오월 보름, 보름 지내고 똑 요새라. 모두 돈도 쪼금 만지는 게 있고 하니까 "울산이나 이런 데 가서 회나 한 그릇 묵자" 카민서 갔다 오고. [놀레] 가는 거는 날짜 안 정하고. 차 한 대 맞차가(맞추어서) 한 십만원 돈 가가주고(가져가서) 놀고 웃차 뭐. 본 기추는 [집집이] 돌아가면서 하다가 나중에 중간에 가서는 그것도 안 하고 마 마카(모두) 술집에 모이지. 반야월 거게는 술집이 천지거든.

그때 막걸리 얼마쯤 했습니까?

막걸리 한 병에 이백원인가 그래 했다. 주전자로 할 때라. 이놈 주전자가 처음 한 서 되나 너 되나 들어올 때까지는 온병이 그대로 들어온다. 한 되 카마 한 되 온주전자가 들어오는데 나중에 이넘의 한 주전자가 반 주전자밖에 안 되는 거라. [웃음] 주전자 가주고(가지고) 그래 하다가 난중에는 빙(병)에 여가(넣어서) 나오기 시작하는데. 그때 유리빙도 있고 또 주전자도 팔고 두 가진데 프라스틱 [병]이 나온 지가 근 십 년 되지 그기. [전에는] 삼선빙카면서 나왔어. 삼선소주, 소주빙에 막걸리가 나왔어. 그기 한참 나왔어. 그기 근 십 년 됐지 싶으다. 그래 될 기다. 우리가 오십 살에 기를 모았으니까 나이가 하마 팔십다섯, 우리가 동갑이니까 팔십여섯 이러니까. 한 주전자에 이백원 하다가 빙 나올 때 그기 백이십원이가 백삼십원인가 그랬지. [안주는] 우리 촌에서 하는 거는 다른 거는 없고 주로 돼지고기. 돼지 잡아 가주고 하는 집이 있거든. 그래 거 가거든. 두루치기를 해 가주고 술 묵고 난중에 밥을 해주거든. 밥 해가 국밥 해가 묵고 그랬지. 그래 뭐 한 그릇씩 묵고 그 다음에 접치고(파하고) 대략 그랬지.

소주 묵기 시작했던 것이 한 이십 년 됐다. 소주 이름이 [지역마다] 다 다르지. 진로 소주가 순하고 좋기 때문에 서울도 가만 진로 먹고 전라도 가도 진로 묵었다. 삼선은 대구서 많이 먹었는데 삼선은 독하다 카이. 그 래서 진로 술이 제일 낫지. 삼선 그기 한 빙에 백이십원. 백이십원.

계원이 죽으면 어떻게 합니까?

다른 거는 뭐 모하고 기원들이 얼매쑥 내 가주고 보태 줬지. 거진(거 의) 장례비가 된다 캐도 과언 아니지. 일인당 삼천원인가 그랬 했다.

그전에는 계 안 했습니까?

전에는 지점(제가끔) 개인으로 모디(모여) 가지고 하는 기, 여 부락 친 목기카는 기 있는데 그기 어떠냐면 대략 부모, 나[이] 많은 부모 있는 사 람들 모이 가지고 해마다 기추도 하고 난제 어매가 돌아가든동 아부지가 돌아가든동 사람이 돌아가시마 뭐를 얼매 부주하고. 어떤 데는 약한 사 람은 쌀 한 가마니 건네주자 그래. 우리가 가서 무도(먹어도) 무야 될 거 아니가? 조금 더 곤란한 사람은 쌀 한 가마니 주고 술 서 말 주고 그래 해 가주고 하는 거도 있고 여러 질이지. 그때가 우리가 한 사십? 그래가 나 는 우리 어매 돌아가시 가지고 잘 썼고 또 아부지 돌아가시가 잘 썼고. 어 매는 육십일곱인가 여덟인가 그래 돌아가싯어. 내가 그때 서른여덟인가 그러고. 아부지는 팔십에 돌아가시고. 아부지 돌아가실 때가 내가 사십 일곱인가?

다른 계는 없습니까?

내가 지금 반야월 면단위조합에 들어 가주고 단위조합을 하민서 왔는 데 거 단위조합에서 잘해 주니라. 우리가 일기생(一期生)카고 이기생 삼

기생 사기생 이래 나와가 있는데 일기생들이 제일 나(나이) 많고 이런 사람들일 기라(거라). 거서 일 년 동안 강사 강연을 받았거든. 조합장이 일기생들에 대해서는 굉장히 고맙게 생각해. 봄에 하 문쓱 유월 초순에 대략 가던데 [놀러 가]. 음력으로 동짓달[에는] 마지막 해 간다'고 기추를 [해]. 돈도 마 마이도 필요없고 난중에 보태 씨자(쓰자) 카면서 이만원 내 가지고(내서) 조합에 맽기 뿌거든. 그래 놓이 조합에서 묵고 하는 거 다 대고 조합장이 일 년에 십만원씩 찬조를 내고. 그래가 우리가 잘 묵고 놀지. 그기 지금 올개 구 년쨴가?

거기는 어떤 사람들이 계원이 됩니까?

조합에 처음부터 들었는 사람. 단위조합 맨들 때 우에 됐노 하만 마이 내지도 모하고 쌀 한 말쓱, 쌀 한 말 안 내면은 나락을 두 말쓱. 그래가 모다 가주고(모아서) 단위조합원을 맨드는 거거든. 조합장이 지금 시 분째 갈리는가 그런데. 시 분젠가 니 분젠가 그런데 그 사람이 원로 조합원은 우리나라에 다 그렇겠지만은 참 이렇게 모두 성사를 해서 조합 성공을 시킸으이 이럴 수 없다 그래 가주고 술도 한 잔 더 내고 아주 재미나게 그거 하지. 처음 우리가 모일 때 사람이 구십일곱 명인가 그래. 단위조합원이 백 한 칠십 명 가량 됐는데 안 들어오고 안 하고 이런 사람도 있고 죽었는 사람도 있고 이래 놓으니. 구십일곱이 모여 가지고 조합원을 지내고 그기 한 삼 년 지내고 나니까 사람이 마 일곱인가 죽어 뿌리. 나이 많고 그러이 자꾸 가는데 작년부터 내가 곳대가 돼 있다. 나이 제일 많은.

집에 전화는 언제 들어왔습니까?

전화 들어왔는 거는 큰 아가 스물여덟 살 때가? 그전에 집에 연락받는

거는 저 마실 통장한테로 전화 한 대 와가 있거든. 그걸 및 해 썼다. 거 인
자 전화하고 잡으마(싶으면) 와서 받아라 해 가주고 그래 했는데. 나중에
머 전화를 넣어 주기 시작항게(하니까) 한목에 죽 넣었 븐게 그렇게 편한
걸 가지고 에이. 텔레비전(TV)였는 거는 아주 숨었어. 그거는 뭐 몇 해
걸린 것도 아니고.

경로당은 어떻게 지었습니까?

경로당 거 참 좋은데…. 본대[턴] 경로당 짓지도 몬하고 지금 숙천동 동
회관에 경로당을 채려 가주고 거서 십 년 동안 했다. 그래 하니까 자꾸 이
넘 마실 일꾼들이, 일꾼이 아니라 마실의 젊은 사람들이 거 마실 회관을
경로당 한다고 공사를 하민서 자꾸 시원차이 말했어. 그래가 에라이 이
놈 자식들 그래가 돼? 아 우리 경로당 하나 짓자 [했지]. 그래 그게 지을라
하이꺼네 얼른 안 돼. 어디 터 구하마 지(지어) 줄라 하데. 그래 거 저 박,
서울 국회이(의)장 하던 박준구(규. 朴浚圭俊)[49]가 그때 이장(국회의장)
할 땐데 그래 박준구한테 우리가 들러붙었다. 마 우리가 표를 한데 몰아
줄 테니까, 뭐 표를 몰아주나 안 몰아주나 당신이 그거 하니께 힘을 한 번
써 봐 주시오. 그래 좋다고. "내가 힘 함 써 봐주지." 이 사람 대번 도청
기 가지고 도지사한테 캐 가지고 여여 면으로 해가 연락하고 "거거 터
하나 구해라" [부탁했어]. 터를 구하는 기 개인 터는 돈이 들어야 되고
(되니) 안 되겠고. 그래 거 국유지 그넘을. 국유지 되마 돈 안 들어도 되고
뭐 까지꺼(까지) 전부 도지사힌데 밑기면 뮌나 이가서는. 말하는 거 보이
됐다 싶어. 아무 말도 말고 마 일만 하라 그래. 구청장이 그때 오 머씨제?
구청상이 그래 가주고 "뭐든지 하이께 아무 걱정 말고 해봅시다" [해].
물자 다 나오고 뭐하고. 이제 도지사가 밍렁(명령) 니라 놨으ㅓ 말도 모

하지. 그래가 집을 지었는데 지금까지도 잘하고 있었는데 이넘 자슥 요새 와서 또 터가 바뀐다고. 그래 그 집을 뜯어 뿌고 새로 진(짓는)다고 또 그카고 있다.

경로당에 모이면 주로 무얼 하고 놉니까?

거 뭐 노는 기 화토 치는 거라. 그기 노는 기라. 거도 아무나 이래 오마 안 되고 오면은 다믄(적어도) 참 술 한잔이라도 내고 이래가지고 거 있어야 놀러 와도 되고 그렇지 그저 뭐 논다고 쑥 들어와 가주고 이러면 안 돼. 지 생일 때 한잔 내고 일 년에 한 시 분 정도 내야 돼. 우리가 해도 술 한 병은 장~(늘) 하는 기고 닭 한 마리 해 가주고, 찜닭을 한 마리 해 가주고 가져오고. 시키만 되거든. 술 저 뭐고 소주 맷 병 하나 하고. 드는 기 단지 그건데 가져오마 잘 묵어. [경로당에서] 놀러 갈 때 비용은 우리가 주무이(주머니)에서 한 만원쓱 낼 때 있고 만오천원 낼 때 있고. 우리 회원들은 돈을 쫌 적게 내고. 이러마 이만오천원이거든. 요새는 가마 보이 쫌 부족해. 그래 가주고 억지로 짜개 쓰지. [형편이] 좀 나은 사람한테는 찬조 내라 [하고]. 찬조 내면 만원 내거든. 만원 그기 한 여남씩 나오마 돈 십만원 안 되나. 대략 그래그래 어불라(어울어) 가주고 놀러 가 가주고 회 한 그릇 먹으면 되고. 안 그러면 여서 갈 때 함부래 술하고 밥하고 해가(해서) 그래 댕기오고 했는데. 일 년에 똑 하 문(한 번)쓱 놀러 가는데.

동네에서는 지금도 단오놀이 합니까?

단오에 놀러 가고 그래. 옛날에도 맨 그랬지. 놀러 안 가는 사람은 집에서 술 받아 묵고 뭐 이래. 마실에 그거 하마 친구들끼리 맞이 "여 오느라 보자 오늘 내가 술 한 잔 산다. 잔소리 말고 와서 무라" 이카고 한 잔 하고 내~ 그랬어.

마을에 그네도 매 났습니까?

전에는 방천 둑에 그네 마이 있었는데 지금은 없어. 한 삼십 년 됐다. 나무가 없으이. 지대로(저절로) 자연히 없어졌붓데. 한 사십 년 가까이 됐지 싶다. 방천에 저짝(쪽) 편에도 큰 나무 이런 게 드문드문 여 한 패기(포기) 있으마 저 짜 저 한 패기 있고 이래. 여름에 그늘이 좋아 가주고 논 메다가도 그 그늘 밑에 한숨 자고 이랬는데 지금은 그 나무가 전부 다 없어져 뿌고 뭐.

마을에서 농악 놀고 이런 것도 많았지요?

농악 채리가(갖춰서) 경로당에 거 다 있다. 경로당에 있기 전에 옛날에는 마실에 있는데 마실에 그거는 뿌사졌붓데. 내가 일할 때 하 문 찾아보이 없더라. 농악 노는 거는 대략 설 쉬고(쇠고) 정월 한 달 노는 기지. 나는 꽹과리 그거 치는 거라. 친 지 오래됐어. 어릴 때부터 뚜디리(두드려) 사이 배왔는 긴데 잘하지는 못하지. [그래도] 지신밟기 하만 나를 따라오는 사람은 드물었다. 이 근방 우리 경산군에서는 드물었다. 자인(玆仁)가도 내가 치고 그짜 낚산면(南山面)가도 하고 압량으로 이래 일 년에 한 분쓱 돌아댕기미 놀았거든. 그때 돌아다니마 열몇 명인데 마 날로(나에게) 쉬(쇠. 상쇠. 꽹가리) 맽긴다 함부레. 일단 그래 가주고 내가 지신밟기 그넘을 한 분 하마 좋다고, 그래 가주고 놀고 했는데 인자는 말도 지꾸 틀리기나 하고 안 맞아져.

5. 우리는 돈 한 푼 받은 거 없고

징용 살다 죽은 동료가 묻힌 곳에 다시 가 보다

(집 아래채 모서리에 걸려 있는 〈태평양전쟁희생자유족회 경북대구시지부〉 현판을 가리키며) 저건 어떻게 시작했습니까?

[징용 갔다가] 돈 한 푼 못 받고 거 카고 보이 주무이(주머니)가 다 비 뿌고(비어 버리고) 없어. 난중에 그넘을 우에 함 해보겠다고 일본에 거 돈 받으로(받게) 운영을 함 해보자 캤지. 처음에 육십년인가, 오십몇년이가 그때 만냈어.[50] 아이구 그카다가(그러다가) 내 주무이 돈 마이 히매(축) 가났 뿟지. 돈 몬 받으니 뭐 내 주무이 손해라. 첨에 그래 됐거든. 우리가 군(郡. 경산군청)에 가 가주고 "우리는 일전 하입(한 닢) 돈 받은 거 없고 논 벌을라고 고상(고생)을 하고 이래 있는데 이거를 좀 봐줘야 안 되겠나." "아이고 그거 우리는 못해 줍니다. 우리가 할 수 없심더" 그래. 와 그렇노 이러니 "그거 우리가 우에 된 줄도 모르고 거 나갈 돈도 없고 따리(따로) 그거는 못합니다. 안 됩니더." 그래가 몇 번 댕기고 그러다 고마 "아이고 치우자. 안 되겠다." 그러고 마 치워 뿌고 다른 일 하다가, 그러다가 권병탁(權柄卓) 박사 그 양반이 한 분 우리 회의에 와 가주고 만났어. 오키나와 거거 사람이 죽었는 거 안다 카디만은. 우째 죽었는 거. 사람 일곱이 죽었단 말이야.[51] 달리 죽은 기 아이고 이넘들이 묶아 놓고 한목 몰살시켜 뿟거든. 그 죽있는(죽인) 명단을 내가 다 빼가 있다 카이. 그래 정치라는 데는 이래가 안 된다. 그거를 찾으러 가자고 하면서 권부 서류 다 맨들고. 해 놔 놓고 처음에는 반대를 하고 그래가 그해 한 해는 몬 가고. 기 권박사가 앞산 밑에 중앙성보부 거 늘어가 가주고 하룻밤 자고 왔잖아. 그 이듬해, 그기 칠십년도 상반[기]이라. 그래 인제 오

1986년 겨울 일본 간사이(關西) 공항. 무고하게 처형된 일곱 명 동료들의 넋을
달래 주려고 강제 징용되어 가서 살았던 게루마 열도에 다시 가 처형장의 흙을
한 줌 가지고 왔다. 함을 든 사람이 구술자.

키나와 가기로 딱 결정을 하고. 돈도 수금하고, 하나에 오십만원 내가 했
는데(걷었는데). 아니 이것도 간 곳 없고 저것도 간 곳 없고. 그래가 권박
사가 "일단은 돈을 예탁을 시켜 놓자. 일단 이건 놔두라." 예탁을 딱
시키놓고. 그 이듬해 "됐다. 신청돼가 있는 사람은 될 수 있으면 가는
기 좋다" 카면서 [갔지]. 그기 음력으로 시월 칠일인가 그렇지.[52] 그래
거 가가주고 제사 지내고.

(사진을 앞에 놓고) 여기 들고 온 게 일곱 사람의 유해입니까?

그기 죽은 사람은 [시신을] 팔라 카마 없거든. 그 사람들도 카데. 이제
는 파도 없다고. [벌써] 전부 피 가주고 뼈(뼈)는 서 건네 섬에 한데 갖다
묻었다 이기라. 민간은 민간내로 모두코(모으고) 일본 사람은 일본 사람
대로 우리 한국 사람은 한국 사람대로 그래가 모다 놨더만. 열두 집에 면
단위로 전부 모닸어. 삼 년 동안 시들었다 카더라고. 그래 가주(가져)오
지도 몬(못)하겠고. 파 가주고 이리 운반하고 뭘 할라 그러면 일이 여간
아니라 돈도 여간 안 들고. 그 시체 있는 사람도 어데 있는지 잘 모르고.
지 죽은 자리 내가 알아 가주고 "여다(여기다)!" 찾아 놓으니까 민간들
이 "우리는 죽이도 일본놈 군인들 그래 죽인 줄 알았디만은 한국 사람
이 그래 됐구나" 가민서. 뼈(뼈)노 없고 했으니까 그 안에 다른 거는 못
넣고 그 자리에 있던 흙을…. 시도 한 수 지었다.

한상(恨相)의 노래(서로가 한스럽다)[53]

1. 산 넘고 바다 건너 외국 만리에
   한 많은 중성도에 외로운 고혼
   우리는 찾아왔다 고향 가자고

목메여 불러 봐도 대답이 없네
일진풍운 무서워서 말을 못하나
그 마음 나도 알고 너도 알겠지
2. 쓰라린 이 가슴에 고혼을 안고
고향땅 언덕위에 집을 지어
녹은 방초 올 때마다 그 이름 부르며
석양빛 바라보니 월색만 고요해
한 많은 그 마음을 그 누가 알리
깊은 잠 깨지 말고 행복하여라.

매고 댕기는 거 전부 내가 매고 댕겼다. 태극기 그리(그려) 가주고 대
판(大阪)꺼정 끄질고 가 가주고. 갔는 중에서 내가 그때 나이가 젤 적었
거든. 딴 사람보다 나이 두 살, 세 살인가 적었지. 이래 노이니.

한국에 도착해서는 어떻게 했습니까?

밤에 도착했는데 경산 시내 거 절이 있더만은. 절 이름은 영 모르겠다.
밤에 절에 거여(거기) 가 가주고. "우리가 이래이래 가이까(가니까) 잘
좀 지켜 주소" 카이. 아이 고맙다고 걱정 마라 카데. 거 넣고 집에 오고
이랬는데. 절 거게 그 사람들도 참 고맙은 택이지. 그래 가주고 그해 우
리가 저 비 씨(세)우면서 그거 일하니라고 한 일주일 가까이 걸렸어. 그
기 왜 그렇노 하면은 갑자기 돈도 없제 비석은 아무거나 안 되니까. 택규
하고 나하고 둘이 돌간에 돌 잘 아는 사람 들고(데리고) 가가 충청도 서
쪼(서쪽) 거 이름 머꼬? 거 돌 천지더구만. 거 가 가주고 비석돌 그거를
해 가주고 왔지. 이튿날 있으니 충청도에서 돌이 왔데. 그거를 우에(위
에) 갓하고 밑에 좌석하고 전부 다듬어 가지고. 터도 산삘에(비탈에) 전

부 고라 가주고(평평하게 해서) 이래 다 하고 나니 일주일 넘어 가지고. [위치는 남천면] 백합 공원묘진데, 공원묘지 여서 이래 올라가 가지고 첨에 도로 여서 삼통 올라가마 여 가도(커브)가 돼가 있는데 산턱 높은 거게 있다 아니가. 올라가는데 여 가면 사무실 있고 이짜 여는 전부 묘 썼는 기고. 그 사람들이 이기 너무 많이 올라가도 사람 여럿이 올라오고 하면 안 좋습니다. 가적은(가까운) 데 이래 하라 그러데.

비석값은 어떻게 모았습니까?

돌값은 영대, 저짝에 대구대학, 이짝에 하양 가는데 카톨릭 대학, 경북대학, 그 담에 저짜 서쪽에 나가 있는 거 계대. 그 다섯 개 대학에 사람이 돈을 내 가주고 돌값을 전부 치랐지. 권박사가 참 고마운 사람이라. 그

구술자의 집 아래채에 걸려 있는 〈사단법인 태평양 전쟁희생자유족회경 북대구지부〉 현판. 삼십 년 전쯤 서울에서 답체 사람이 찾아와 십오만원을 달라고 해서 주고 달았다.

일로 다했지. 우리가 댕기 가주고는(다녀서는) 안 되거든.

〈태평양동지회〉가 그때 간판 걸고?

그렇지. 첨에 천택규한테 걸렸지 아매. 천택규도 지금 띠(떼어) 내 뿌고 없더라. 〈태평양동지회〉는 지금 다 뿌사지고(부서지고) 없어요.

집에 걸린 저건 거기서 가져온 겁니까?

아니라. 나는 그기 아니고 저기 서울서. 서울서 역시 저저 회의하는 그기 있었다. 그기 연도 수가 하메(벌써) 한 삼십 년 됐지 시푸다(싶다).[54] 그 간판을 십오만원 줬다 거. 순진한 영감들[한테] 돈 벌어 물라고 했는 넘 새끼들. 간판 맥지 여 걸어 놓고 지랄이지.

그러고 난 뒤 아무것도 없습니까?

으. 아무것도 없고 내~ 돈 내라 카는 기지 뭐. 한 달에 이만원쓱 돈 내라고 내~ 그 지랄하고. 그래 가주고 나는 안 한다 카고 내삐 뿌고 치웠지.

그 사람들이 찾아오기는 어떻게 찾아왔습니까?

아 그거는 우리가 회의를 자주 했거든. 다른 군에는 그래 하도(하지도) 안 하고 경산에는 회의를 자주 했는데 회의할 때마중(마다) 저거가 온다 말이야. 이것들이 경산 이걸 갖다가 전부 저거 거 매로(처럼) 물라고(먹으려고) 지랄해. 위안부 그거 해 가주고 머 해 물라고. 고년이 고따우로(따위로) 그래 가주고 지가 회장이라고 해가. 그래가 설치했지.

일본에 재판하러도 갔다 왔잖습니까, 그건요?

그렇지. 거서 내가 돈도 많이 썼 붓지. 재판 날이 언제다. 일본서 통지가 왔어. 돈을 얼매쓱 거다 가주고(걷어서) 재판소 가자 그래가. 진술서

경산시 남천면 백합공원 묘역 내에 건립한 〈태평양동지회위령비〉
앞에서. 오른쪽 뒤에 보이는 검은색 비석이 위령비.

내가 써 가주고 그거 갖다 였는데. 일본 다까키(高木健一) 변호사가 그 사람이 아주 참 똑똑한 사람이라.[55] 한국 나와 가주고 대구 오마(오면) 금호호데루(호텔) 거서 자고 그랬다고. 그래가 거서 만났는데 재판을 할라 그러면 재판 서류가 어떻게 하면 되겠는가 [걱정하니], '다른 거 별 그거 없다. 진술서만 넣으마 된다' 이카두마. 진술서는 우리가 하는 거 받아 주나 [물으니까 "진술서는 내가 받아 주니까 그건 걱정하지 마라. 진술서만 단디(단단히) 써라" 해. 그 재판은 군대 재판이라서 다른 것보다도 진술서를 가지고 하지 진술서 아닌 거는 이야기 안 된다 이기라. 진술서를 잘못 써만 아무 효과도 없고 소양(소용)이 없단 말이라. 영양에 강인찬이하고 대구에 서정복이 청도에 전석환이 서이가 진술서가 들어왔는데 그거는 한 사 년 전에 들왔더만. 그래 내가 진술서를 참 단디 썼지. '우리가 밥도 못 묵고 거 가 가지고도 석탄 섞인 밥을 십팔 일 먹고 그래 배가 고파서 먹을 것을 훔쳐 먹다가 뚜띠리 맞고' 이런 거부터.[56]

진술서 참 멋지게 맨들었는데

함(한번) 써 놓고 일러(읽어) 보니 시원찮고 써 놓고 일러 보니 또 시원찮고 약해가 이기 안 되고, 그래 가지고 방에 들어 앉아 가지고 닷새를 걸리 가주고 다시 썼는데 마 있는 거 없는 거 다 다 때려 너(넣어) 놨어. 첫 번째 재판은 그래 가주고 아무 재판도 올케 안 하고 그냥 넘어가고 두번째 재판을 갔는데 내일 재판 판결이면 오늘 지녀(저녁에) 갔거든. 변호사가 저녁에 우리 자는 방에 왔어. 다까이 변호사가 제일 오얀데(우두머리인데) 둘이 서이가 와 가주고 이야기를 죽 하면서, "진술서 참 멋지게 맨들었는데 어떻게 해서든지 순질로 이야기해라. 지금 부에(부화)가 나서 카지만은 부에 난다고 부에 나는 대로 그래 법에 이야기하마 안 된다.
될 수 있으만 오키나와 꺼는(건) 내가 힘 함 써 보꾸마" 그래 가르쳐 준
다 카이. 위안부들 만날 캐봐야 저거꺼정 매주 와 가 감(고함) 지르지 저
거는 없다 이기라. 고 열두 사람은 군인에 갔거든. 우리 열서이는 그러
고. 군에 간 사람하고 군속하고 그거는 돈이 안 왔는 거 틀림없다. 다 알
고 안 있나. 이거는 틀림없다. 이거는 될 기다. [그런데] 저 사람들 위안부
저것들 와서 저카는 바람에 우리가 판사를 만내가 올케 이야기를 못하겠
다 이기라. 저거들은 스물몇쪽 서른쪽 이래 델고 같이 온다 카이. 그러이
[인솔자개] 뭐 차비를 좀 덕본 모양이라. 저는 공차라. 그런 짓을 해가 거
서 돈 받아가 아이고 더러버 참 내가 이걸 이카ㄴ까 또 말이 이긋난다.
[나는] 이무갑 씨하고 그래 갔거든. 가는 비용이 내가 댔지. 한 이백만원
들었어. 천택규 이 사람이 가야 하는데 가자 카니 "아이고 내 안 갈란다.
너거꺼징 가 해라. 내 인자 댕기지도 못하겠다" 캐가 안 들고 가고. 재판
하는 데 드갔는데 우에 됐나 하면 점마들이 판사가 딱 둘이 들어왔다. 들
어와 가주고 가마~이, 둘이 눈치만 보고 있다. 들어올 때 뭘 했노 하마 여
자들이 열다섯인가 열서인가 그래 왔는데 이것들이 뭉치 가주고 얼마나
만세를 부르고 아주 들썩하니. 마 저거끼리.[57] 무슨 소용 있노? 맥찌(괜
히) 비용만 자빠졌지. 그래 가주고 시끄럽게 캐 사이 마마 판사가 기냥
딱 "기각" 카고 끊어 뿌고 뒤로 나와 뿌데. 다시 말도 없고 들어 오도
안 하고. 그래 가지고 판사가 없는데 뭔 재판을 하노, 그래 재판을 몬했
잖아. 그 담에는 몬 갔다. 한국 정부에다[도] 편지를 내가 몇 번 띄웠는가
모른다. 편지를 대통령한테도 띄우고. 외무통상부에 해 놓으니 "이건
우리가 하는 일이 아니라고. 딴 사람이 하는데 그리 닝가(넘겨) 놨으이

我等은 1744年 6月27日 徵用 영장을 받고
와 親고 끌려가서 身檢이 不用初은 하역함도 안을
하여서 도착한후 1個月 동안을 시사나 모든것이 보통
이엿다 그후 9月8日경 부터 심사의 문려엿다
白米가3, 콩炊이 1, 3分이 섞한 밥을 食器통 주는데
도려키 먹을수 없어 물에 걸려서 언능적 올이 먹을수
없서 항의 말을 한즉 분대장이 오본의 벼하갓는 쌀이
좀 나쁘다 그러나 그대로 먹어 하며 턱어 말을 못하
게 한다 이것 1日 동안갓다 못먹어나 배 곱아 견디
지 못할 자경의 일은 무거운 일을 하기되니
罰 화물을 내려는데서 먹을줄만 잇스며 출혀 먹기시작하
이러하니 포럭길 한다고 메감을 시각하여 공문기암을
주며 메일 거역이면 막사 안에서 메감을 하는데
죽는다고 고얀치는 소리가 여기 저기서 들여 왓다
이러한 일들은 나하 天怒 山恨겄첫 잇슬때
잉의라 이에 인간 침악은 말할수없시
족독한 일이라 생각 천지 안흥수 없다

〈일본의 전후책임과 공식사죄 및 배상청구소송〉시 변호사에게 주었던 진술서 첫 장. 편지지 여덟 장에 빼곡히 그동안의 참상을 기록하느라 닷새가 걸렸다.

통지 갈 낍니다" 그러고 아무 소리 없고. 그래 또 내가 통지를 했거든. 시 군데 네 군데 했거든. 국방부도 하고 오만 데 다 했다. 해나(혹시) 한 군데라도 거 할까 싶어서. 무슨 통기라도 들을까 싶어서. 국방부는 저거가 하는 일 아니라 이카거든. 또 "서류하는 이걸 맡아 가지고 하는 자리가 있으니까 그리 이전해 놨으니 그렇게 알아라" 이카고 함 보내 주고 없는 기라. 통지 왔는 거 내가 다 받아 가주고 있었는데 하나도 대답이 "함(한 번) 들어 보겠다." 그런 생각이 없어. 전부 아이라 카는데 뭐. 저거 할일이 아니라 카는데 뭐. 말짱 맽겨 뿌고 뭐. 그 새끼들 참, 아이고 더럽은 손들. 말이야 좋더라. "아이고 수고했습니다. 뭐 어떻고…." "저거 거 하는 자리가 있으니까 그래 이동해 놓으니까 걱정하지 마이소" 이 지랄 해 놓고 전부 그뿐(뿐)이라고. 그럼 다시 머 걱정이고 뭐고 어딨노. 다 도둑놈들이라 도둑놈. 그 뒤로 자꾸 할 수도 없고 연락을 해봐야 안 되고. 그래 가주고 가마이 보이 아이고 이놈 쉐이들 똑같은 넘들이구나. 치워라 안 된다. 내가 이때꺼정 돈만 쓰고 헛일 많이 했구나. 그래 놔가 다 폐하고 들어앉았는 기라. 자기네들은 잘 처묵고 좋다고 하지만은 결과적으로 하나도 잘 처묵고 좋은 것도 없다.

가족 여행이 잘되나?

집안사람이 다 모이는 건 일 년에 몇 번쯤 있습니까?

제사 때만이 다 모이고 그러지, 어메 이부지 제사 내는 성송 한 병 사고 [큰집에 가지]. 우리는 질 들린 기 술이거든. [나는 성당 나녀도] 제사는 다 지냈어요. 제사 지내는 데는 유교식으로 하지. 명절 때도 모이지. [지금은] 이래 가지고 아무것도 못하고 요량도 없고 뭐.

가족들이 모이면 뭘 하고 놉니까?

집안 식구들이 모이믄 할 끼 뭐 있노? 다른 사람은 어떤동 몰라도 우리는 모이가 뭐하고 그런 거 없어.

어머니 장례는 어떻게 치렀습니까?

그때는 우리 산도 없고 마실 공동묘지[에]. 거게 묘를 쓸 때 참 사람도 많이 모이고 잘했는 택(셈)이지. 우리 기 모아 가주고 그래 했는데 거 상포계(喪布契)라 한다. 쌀 한 가마니 내가 받았는데 그때는 일꾼들도 많았거든. 저슴(점심)하고 짊어지고 올라와서 거 와서 갈라 묵고. 고기하고 주로 술이고 그 다음에 뭐 그거는 없고. 대략 돼지 한 마리 잡으면 크다 카거든. 그래 돼지를 집에 미기니까(먹이니까) 요만한 돼지가 지금 말하만 십오 관(貫)쯤 되지. 그때는 집에 키우는 거 잡으니까 관수도 모르고. 여 영감님들 와 가주고 참 장사 잘 먹었다고 칭찬을 모두 해 쌌더라고. 우리 아부지 돌아가셨을 때는 더 잘했지.

그때는 어떻게 하셨습니까?

우리 아부지 때는 청천역 뒤에 만대이(꼭대기) 거 산을 사 가주고 우리 어매도 글로 옮기고 괜찮게 해가 잘했다. 우리 아부지 돌아가시고 사람이 참 많이 왔어. 전부 적거든 명부에. 손님이 백팔십 명이나 돼. 대략 그때는 장례에 온다 그러만 산에 가 봐야 되거든. 산에 가 봐야 장례 가는 옳은 긴데 지금은 집에 가 보고 치아 뿌거든. 삼일장 했어..

가족끼리 여행은?

그기 잘되나? 하 문(한 번)도 안 갔다. 우리 집에는 그기 그래 가는 것이 얼라(아이)들은 안 델고 가고 얼라들 말고 큰 것들, 큰 것들 한 둘이나

서이나 델고 가고 며느리들이 따라가고 그래 가주고 댕겨오는 것이 한 도서너(두어) 번 있었지. 저저 포항 영덕. 젤 처음에 [갈 때는] 청송, 우리 고향 뒷집에 거 가 가주고 샘에 물탕(약수탕)에 물 묵고 닭 한 마리 해 달라 카니 대번 해 오드라고. 해 가주고 닭 한 마리 탁 묶아 넣고 거서 영덕으로 빠지는데 집에서 해 가는 거보다 그게 낫더라. 아~들 좀 많이 가마두 마리 해 가주고 한 마리는 딱 뜯어 가지고 거서 함부레 묵고. 영덕 내려가마 강가에 거 머 고기 사 무라고 별 지랄해 싸도 우리는 고기 가져갔는데 뭐. 좌우지간 그래.

할머니하고 놀러 간 적은 없습니까?

부산 가서 놀고 서울 큰아들[집] 가고 영남[대]학교 거게 둘이 가 가주고 온 데 한 번 둘러보고 오고 다른 데는 뭐 별로 가본 데 없어. 부산에는 다리~(달리) 뭐 그기 아이고 우리 고모집이 거 있으이 고종들이 하도 놀러 한 분 오소 캐사. 한 칠 년 됐다. 그때 할마이캉(와) 가민서 같이 가자 내캉 같이 안 다니면 나중에 여 한 번 가 보지도 못한다 가자 카이 "하이구 집 비워 놓고 우에 가노?' 카데. 집 비워 놓으면 어떠노 가자. 기어이 가자카이 갔는데. 그래 이틀 밤을 자고 그래 왔는데.

(제주도에서 찍은 사진을 가리키며) 제주도는 누구하고 갔습니까?

이기 환갑 지내고 갔는데 한 이십 년 전이라. 환갑잔치는 따로 안 하고 뭐 죽으면 쉰다 카면서. [할마이] 환갑도 나이 한 살 차데 내캉 고마 한몫해 뻿는데. 칠순은 어네 간 일 없어. 팔십 때도 집에서 뭐 그냥 고기나 한 근 사다 끓여 묵고 그거뿐이지. 내 생일 때는 만날 돼지고기 그기라. 반찬은 한다 카마 고등어 그거 서너 마리 사고. 내가 고등어 좋아한다 카이.

환갑을 지나고 얼마 후 아내와 함께 제주도 여행을
다녀왔다. 아내의 환갑잔치까지 겸한 나들이었지만
함께 사진을 찍지는 않았다. 제주 용두암에서.

다른 거 뭐 마이 하고 이러지도 못해. [그리고] 찰밥 하지. 미역국은 말할 거 없이 끓이고. 아~들 생일 때는 저거 어매가 알아서 하마(하면) 하는 기지 뭐. 나는 아~들 국이나 한 그릇 끓이 주자(끓여 주자) 이래. 그거 해 가 주고 그뿐이지 뭐.

혼자 밥해 물라 카만 썽그렇데

큰딸은 죽었어. 올개(올해) 살았으면 육십서이나 그렇다. 결혼식도 집 마당에서 했다. 일찍 치아 가주고 서울 서대문구 거기 있었는데 아들 하나 딸 하나 둘로 나(낳아) 놓고 고마 아파 가주고 죽었다 카는 기라. 아프다 카미서 여 함(한 번) 내리왔더라. 경주 건천 거 잘하는 사람 있다 키데. 그래 내가 거 댕기믄서 약을 쓰고 좀 하다가 안 되겠더라. 저도 "아부지 내 집에 가야겠구마" 카데. 그때가 여 동대구역 새로 개통되고 차가 여게 대고 할 때다. 내가 거 내리가는 데까지 전송을 해주고 올라와서 차 오는가 보고 있으이 눈물이 빙 도는 기 이기 아무래도 시원찮구나 마음이 와. 그 길로 가서 죽어 뿌따 카는 기라. 그 질로 [사위] 그 사람은 마산으로 장개를 갔는데 거거도 아들을 둘 났다. 그라만 아들 서이 되지. 잘살지. 고기 니 살 묵고 작은 딸 낳았는데 [할마이한테] "아이고 딸만 낳이시 갖고 안 되겠다. 사람을 조아(얻어) 가주고 한 번 살아 보자" 이 카이꺼네 "아이고 지랄하지 마라" 이캐. [웃음] 그카디만 마 아들을 한참에 여섯 낳 뿌는 기라. [웃음] 그래 팔남매지. 둘째 딸아도 중학교 졸업 못했어. 열 아홉 살엔가 스무 살엔가 치았는데 예식장은 거 와 대구역 못 가서 이래 드가만 동문(東門) 거리제? 문화예식징인가 무슨 예식장인가 모르겠나. 거 갔지. 이짜 사람들은 거 많이 갔다. 좀 좋은 거 간다고 까불대는 사람은 다른 데 가고. [나아] 돈이 없이까 우얄 수도 없고. 큰아 머슴아는 대구상고 거게 돼 가지고 히얀하게 돼 뿌데. 어떤 사람이 아를 만내 가주고 집에 좀 가자 그래. 저짜 반월당 어데 같은 아가 있어 놔 놓으이. 바쁘믄 "잔다" 이카고 집에 전화로 하고 거서 자고 오고. 그때 전화도 집에 없었다. 여 마실 통장한테로 해 가주고 연락해 주고. 이놈 참 재주가 있었더라고. 상고 나와 가주고 대분에 은행 돼 가주고(돼서) 열아홉 살 되던 해에 나갔더라고. 그 질로 대구서도 잘하니까 서울 본점 빌딩에 [가]. 거가서도 내~ 지점장을 돌아댕기고 이리하고 인자 제대했 붓는데 올개 쉰 여덟인가? 고 밑에 아들은 중학교 하다가 지(저)대로 고마 마 학교도 안 가고. 고 아들은 다리를 하나 몬 쓴다. 다리가 이게 와 몬 쓰노 하마 이기지 누부(누나)들이 밑에 동상이 둘이 나이께(나니까) 귀타꼬(귀하다고) 내~ 업고 서로 업을라 카다 [그랬어]. 그때 저 아래 께에 우리 밭이 있었는데 능금밭이거든. 낮이 되만 아~들 거 들꼬(데리고) 와서 놀고 능금 따 묵고 오고 했는데. 저 밭에 나가 가주고 아~를 서로 업을라꼬 이 넘을 쥐고 땡기고, 업고 있는 걸 이랬던 모양이라. 그래 노이 이노마(이놈이) "왜" 울거던. 발목이 요기 탈이 나 뿟는 기라. 그래가 우니께 이노마들이 서로 안 업을라고 마마 아~를 내비리 뿌고 저끼리 와가 일이⋯. 그걸 전혀 몰랐다 카이. 그때 한참 걸어 다닐라고 했을 땐데 고마 마 아가 걷지도 안 하고 걸을라 카다가 넘어지고 또 넘어지고 울기만 내~ 울어 싸코. 이상하다 생각해도 천지 우에 해볼 도리가 없어. 그래가 한 오 년 지냈지. 마침 그기 여름이라. [어느 날] 낮에 가만히 들따(들여다) 보이 다리가 시원찮데. 발목이 요(요기)가 착 접치가(접혀서) 요리 돼 뿟는 기라. 여 한쪽이 고드라(골아) 가지고 곤란하다 카이. 그래 요요 반야월 병원에 함 가

보이 원장이 이거 참, 참 오래됐다 하데. 우에 나살(낫게 할) 수 없나? 카이. 나살 수야 있지만도 지금은 좀 어려운데 카더라. 와 어렵노? 카이 이걸 전부 감아 놔야 되는데 여름에는 해 놓으면 구디기(구더기)하고 벌게이(벌레) 생기서 안 된다 이래. 조금 늦으나 일찍으나 괜찮으니까 찬바람 나거들랑 해 주꾸마 그때 하자 이카두마. 음력 구월달 지내야 된다 카데. 그래 집에 와서 병원에 원장이 다른 거는 없고 그렇다 하더라 카이 즈그(저희) 어매가 딸아들한테 "너거 아 업고 댕기면서 넘어졌는 거 없나?" 이래 물었던 모양이라. 저거끼리 인자 "히(형) 니가 안 그랬나, 니가 안 그랬나?" 이캐 쌌거든. 그래 [알았지]. [애 엄마개 날로(나를) 끄이디(끌더니) "보소, 암말도 마수. 인지(지금) 이미 그룻됐는 기 너거가 아~를 이랬니 캐 사마 그 쓸데없는 짓, 아~(아이) 그 하고(치료하고) 함부로 암말도 마소. 모른 체하소" 그래가 오냐 그래자 그리고 [저는] 모리고(모르고) 자랐다. 요 전에 이넘이 이칸다. "아부지 나는 뭐 다리가 병신이 돼가 있어도 고치러 병원에도 함(한 번) 안 가더라." 기가 막혀서. 그래 내가 야 이놈아 병도 팔자가 있다. 팔자에 없으만 함부로 병이 나도(나지도) 안 하니 암말도 마라. 그런 소리 마라. 그이까(그러니까) 우에든동 조심해서 하는 그것뿐이(밖에) 없다. 할 수 없다. 그기 다 팔자에 짊어진 기다. 함부래 아무 소리 하지 마라 그카고 내삐리 뿟는데 아이고 거참 가찮테(어이가 없데). 그기 뱀떠지. [그 능금밭은 내 기(것이) 아니고 우리 큰집 형님 끼거든(것이거든) 내가 저 과수원 열 마지기 해 갖고 짓고 하다가 과수원 캤 뿌고 채소도 하고 할라고 하이니께 나도 모르게 다른 데 팔아 뿟는데 머. 아무 연락도 없고. 셋째는 어여 중학교 나와 가주고 군에 갔다가 제대해 나와 가주고 대구 공장 댕깃는데… 고 밑에 아들은 반야월 안 있나. 고등학교 졸업하고 집 짓고 하는 그거 한다꼬. 고 밑에 아들은 금호 있는데 그거는 고등학교 나와 가주고 대학시험 친다고 이 년이나 돌아댕기민서 지 히(형)한테 가서 그라고 하다가 대학시험이 안 돼 가주고(되어서) 몬하고 치아 뿌고. 그기 지금 달디(달덩어리) 같은 아들 둘 키우고 있다. 막내아들은 지금 서른두 살인가 그렇다. 고등학교 나오고 선산 거 공장 돼 가지고[취직해서] 먹고살고 있고.

할머니는 언제 돌아가셨습니까?

할마이 죽은 지 올개(올해) 사 년째 난다. 아직 여 농촌이니까 아침 절에는 경로당 가만(가면) 사람이 안 모이고. 아침에 밥 한 술 떠 먹으면은 지지금(제가끔) 밭떼기든 논[이든] 가 보고 한 바퀴 돌아보고 그카다가 하나 만내만 "야야, 한 잔 하자. 해장하자." 그래가 술 한 잔 하고 세월 보낸다. 저녁에도 내 손으로 밥을 해 묵고. 그라이 이런 빌어물(먹을) 거 너무 저물가(저물어서) 오이께 해 물 거도 없고. 언제 털그럭털그럭 카고 할 여~가(틈이) 어딨더노? 여여 라면 사다 놓고 하나 삶아먹는 그거밖에 안 되는 기라. 그래 "보쌀(보리쌀) 끼리로(끓이러) 간다" 그카고 [일찍 나오고]. 그런데 이튿날 아침에 자고 일어나 밥해 물라 카만 더 썽그렇데(쓸쓸한 느낌이 들데). 그기 젤 시원찮애. 그래 저녁에 하든 내일 아침까지 했 부거든(해 버리거든). 그래 해 묵는 기. [웃음]

주

1. 구술자가 살고 있는 곳은 대구광역시 동구 숙천동 847번지이다. 그렇지만 이곳은 1981년까지 경북 경산군 안심면에 속했다.

2. 첫날 면담은 대로변에 위치한 집 부근 기시식당이었다. 도로를 지나는 대형 트럭의 소음까지 겹쳐 시끄러웠던 탓에 구술자기 이 길문을 '고향에는 자수 다녔습니까' 로 들었던 듯하다.

3. 고령에 버스가 처음 다닌 것은 1918년 3월 1일의 일이다. 당시 고령에서 대구까지 신작로가 개통되면서 택시만한 소형 승합차가 하루 한 차례 왕복했었다. 고령문화원 『하늘에 닿는 고장의 내력』 1985, pp. 86-87.

4. 시외버스 대구합동정류장.

5. 이 사진은 또 다른 구술자인 봉기련 씨(90세)가 소장하고 있는 자료이다.

6. 공출은 소화14년(1939)부터 시행된 것으로 기록되어 있지만 구술자는 공출이 이보다 2년 정도 빠른 소화12년(1937)에 시작되었던 것으로 기억하고 있다.

7. 논밭의 넓이를 나타내는 단위. 한 말의 씨앗을 뿌릴 만한 땅이라는 뜻. 보통 논은 200평, 밭은 300평을 한 마지기로 침. 두락(斗落).

8. 1931년 9월 18일 류탸오거우사건(柳條溝事件)으로 비롯된 일본 관동군(關東軍)의 만주에 대한 침략전쟁. 일본군은 1932년 초까시 만주 선녁을 거의 점령하고, 같은 해 3월 1일 〈만주국〉 성립을 선포하여 만주를 일본 침략전쟁의 병참기지로 만들었다.

9. 소화14년은 서기 1939년.

10. 구술자의 집 앞에는 대구선 철도가 지나고 있다. 대구선은 대구역을 기점으로 금호

강(琴湖江) 연안을 따라 영천(永川)에 이르는 길이 29km의 철도로 경부선과 중앙선을 이어 준다. 이 철도는 조선중앙철도주식회사가 1916년 2월 착공, 같은 해 11월 1일 대구~하양(河陽) 간을 개통했고, 1918년 10월 31일 하양~포항 간을 연결, 109.1km로 늘어났다. 건설 당시에는 경동선(慶東線)이라고 했다. 대구선은 현재 동대구~청천역 구간을 이설, 2005년 11월 1일부터 기존 동대구~동촌~반야월~청천역 구간을 동대구~고모~가천~금강~청천역 구간으로 변경해 운행중이다.

11. 일당 오천칠백원은 한 고빼당 임금이다. 따라서 이는 한 명의 일당이 아니라 한 조로 일하는 일곱 명 전체의 일당이다.

12. 사과나무 부란병(腐爛病) : 1919년 〈조선작목병해목록〉에 처음 기록된 병해로 1960년 이후 급격하게 발생, 70년 이후 우리나라 사과재배 농가에 가장 큰 피해를 입히는 병해이다. 서과나무 줄기와 가지에 발병하며 처음에는 수피가 갈색이 되고 약간 부풀어 오르며 쉽게 벗겨지고 시큼한 냄새가 난다. 병이 진전되면 병환부 중앙에 검은 돌기(子座)가 생기고 거기에서 노란 포자가 밀려 나온다. 병환부는 건조해지고 약간 패는데 이것이 나무를 한 바퀴 돌면 그 윗가지는 죽게 된다(자료출처 : 네이버백과사전).

13. 구술자는 구술 도중 종종 사건이나 인물의 연대를 혼동했다. 여기에서 이야기하는 가네시로(金大羽)가 경북도지사로 부임하는 것은 실제로는 1945년 6월의 일이다. 그는 평안남도 강동 출생. 1937년 한민족을 일제의 충성스런 국민으로 만들기 위하여 제정했던 〈황국신민서사(皇國臣民誓詞)〉를 기획한 인물로 알려져 있다. 1925년 일본의 규슈(九州)제국대학 공학부를 졸업하고 곧바로 총독부 관리가 되었다. 처음에는 임야조사위원회 서기라는 말단직으로 출발하였으나, 일제로부터 충성심과 능력을 인정받아 3년 만에 평안북도 박천군수에 임명되었다. 이후 승진을 거듭하여 고시 출신자들을 앞지르는 데 성공, 1936년 조선총독부 학무국 사회교육과장에 등용되었다. 당시 조선총독부 학무국은 이른바 교학쇄신(敎學刷新)과 국민정신 함양을 명분 삼아 황국신민화 교육을 담당하던 부서였다. 바로 이 무렵인 1937년 10월 그는 일제가 온 국민으로 하여금 외우도록 한 〈황국신민서사〉 제정을 입안하였다. 이 공로 덕분에 그는 1943년 전북도지사로 승진하였고, 1945년 6월 경북도지사로 취임,

일제의 의도대로 동족을 무마하고 회유, 탄압하는 데 앞장섰다. 1949년 친일파로서 반민특위에 체포되었으나 증거불충분으로 석방된 바 있다.

14. 〈황국신민서사〉는 아동용과 중등학교 이상의 학생·일반용 두 종류가 있었다. 중등학교 이상의 학생·일반용의 내용은 다음과 같다.
  - 우리들은 황국신민이다. 충성으로 군국에 보답한다.
  - 우리들 황국신민은 서로 신애 협력하여 단결을 굳게 한다.
  - 우리들 황국신민은 인고단련의 힘을 키워 황도를 선양한다.

15. 구술자는 도평의회, 면협의회를 이렇게 기억하고 있는 듯하다.

16. 당시의 화폐 단위로 보아 오만원은 오백원을 잘못 기억하고 있는 것으로 보인다.

17. 구술자가 보관하고 있는 『선박군(오키나와)유수명부(船舶軍(沖繩)留守名簿)』는 해상징진기지(海上挺進基地) 27대대 조선인명부(추가분)이라는 속표지와 페이지 딩 5명씩의 징용사 냉난(pp. 1470-2028)이 기록돼 있다. 구술자가 가리키던 것은 여기에 기록된 공탁번호이다.

18. 1965년 6월 22일 조인되고 12월 18일 발효된 〈한일기본조약(한일회담)〉을 구술자는 이렇게 표현하고 있다.

19. 구술자가 속해 있었던 부대는 특설 수상근무 제103중대로 소화 19년(1944) 7월13일 편성돼 8월 10일 오키나와 현지에 투입되었다. 福地曠昭 『哀号, 朝鮮人の沖繩戰』 月刊沖繩社, p. 36.

20. 전게서 p. 203에서 전재.

21. 경산군 자인면 사람으로 구술자와 힘께 징용되어 갔나가 돌아온 후 경산군 출신 징용자들을 규합해서 〈태평양동지회〉를 만들었다. 창립연도인 1946년과 1950-1954년, 1959년 회장으로 기록되어 있다.

22. 이럴 경우 종결어미는 ありません이 아니라 あります라고 해야 한다. 그렇지만 구술사는 이렇게 이야기하고 있다.

23. "あなたは日本人か朝鮮人ですか"이어야 하지만 구술자는 이렇게 기억하고 있다.

24. 구술자는 옮긴 미군수용소가 있던 지역을 야마가와로 기억하고 있다. 그렇지만 구

술자의 다른 증언과 오키나와 징용에 관한 자료들을 대조해 보면 이들이 옮겨져 수용되었던 곳은 야마가와가 아니라 야가(屋嘉. やか)수용소였을 가능성이 높다. 야마가와는 구술자가 오키나와 본대에 배속되어 쌀을 지키던 곳의 지명이다. 포로들을 수용하기 위해 미군이 만들었던 야가수용소에는 조선인 징용자를 포함, 삼천 명 정도가 수용되어 있었고 수용소의 형태, 포로의 수용방법, 이후의 사건 등이 구술자의 증언과 흡사한 점이 많다. 福地曠昭, 전게서, pp. 264-271.

25. 전게서, p. 263, 268에서 전재.

26. 창씨개명(創氏改名). 일제는 1939년 11월 '조선민사령(朝鮮民事令)'(제령 제19호)을 개정, 한민족 고유의 성명제를 폐지하고 일본식 씨명제(氏名制)를 설정하여 1940년 2월부터 동년 8월 10일까지 '씨(氏)'를 결정해서 제출할 것을 명령하였다. 조선총독부는 이를 관헌을 동원해서 협박과 강요로 강행, 창씨를 하지 않는 자의 자제에게는 각급 학교의 입학을 거부하고 창씨하지 않는 호주는 '비국민' '부령선인(不逞鮮人)'의 낙인을 찍어 사찰을 강화하고 노무징용의 우선 대상으로 삼거나 식량 등의 배급대상에서 제외하는 등 갖은 사회적 제재를 가하였다. 한국인들의 창씨 경향은 아주 일본식으로 하는 사람은 극소수였고 대개는 자기 관향(貫鄕)을 땄다. 구술자도 자신의 관향을 따서 '아오마쓰(靑松在彦)'로 지었다.

27. 미군의 휴대식량. 당시 지급된 것은 K-레이션이었다고 한다. 福地曠昭, 전게서, p. 268.

28. 커피는 아침에만 배급되었다. 전게서.

29. 1946년 2월 27일 고향으로 돌아왔다.

30. 더 이상 문제 삼지 않고 일을 묻었다는 의미로 사용됨.

31. 1946년 10월 1일 새벽 대구역 광장에서의 시체 데모를 시작으로 하여 약 3개월간 지속되었던 이 사건은 전국적으로 천여 명의 사상자가 발생하고 3만 명 이상이 체포된 대규모 유혈사태였다. 사건이 촉발된 직접적 계기는 다음과 같다.

   해방 직후 대구·경북지방의 인구는 해외에서 돌아오는 귀향민들로 인해 급속히 증가하였다. 이는 일제의 철수로 제조업이 마비되면서 야기된 실업문제를 더욱 가중시켰다. 1946년 8월 15일 현재 대구의 인구는 27만 명 정도로서 해방 당시보다 약 7

만 명 가까이 늘어난 상태였다. 1947년 5월 기준 대구의 귀향 이재민 수는 82,241명에 이르렀고, 구호대상자가 40,125명이었다. 10·1사건 직전의 대구에는 이미 3만 5천명 이상의 실업자들이 있었는데, 이 문제는 당시의 사회경제적 여건으로 단기간에 해결될 수 있는 것이 아니었다. 해방 초기에 풍족해 보이던 생필품들 역시 사실은 전시경제 하에서 일제의 눈을 피해 숨겨져 있었거나 군수창고에서 흘러나온 것들이었다. 곡식 역시 하곡(보리쌀)을 일제가 미처 거두어 가지 못한 데다 1945년 대풍년을 맞아 여유분이 있는 듯하였다. 그러나 엄청난 통화팽창에 이어 생필품이 곧 바닥나자 곡가는 치솟기 시작했다. 지주, 모리배, 심지어 군정 고위 관리와 경찰까지 개입한 쌀 유통과정의 부정은 식량의 부족사태를 배가시켰다. 미군정에 의해 자유곡가제가 시행된 1945년 10월의 미곡 가격은 1말에 75원이었으나 12월 들어 미곡상들의 매점과 농가의 매석, 그리고 인플레가 겹쳐 150원으로 뛰었다.

미군정 1년간의 사회상황 진개는, 해방이 되면 당연히 성취되리라고 생각했던 민족적 요구들을 갈수록 좌절시키는 것이었다. 미·소 분할점령과 미소공동위원회의 지지부진은 활성화된 국민들의 정치의식을 꺾어 버렸고, 식량문제는 한국인들로 하여금 미군정에 대한 신뢰감을 상실하게 했다. 10·1사건에 대중들이 광범위하게 호응하게 된 직접적 동기는 전국적으로 심각했던 식량문제에 있었다.

1946년 연초부터 실시된 자유곡가제 폐지와 식량의 강제 수집은 일제 때의 무자비한 식량공출제를 연상시키는 것이었다. 따라서 식량의 강제 수집은 농민들의 가장 큰 원성과 저항을 야기했다. 경상북도의 경우 하곡 공출제 배당량은 1946년 5월 9일 50만 섬으로 책정되었다. 그러나 농민조합의 반응은 부정적일 수밖에 없었다. 도내 식량사무를 총괄하는 경상북도 식량사무소마저도 "일제의 강제공출과 다름없고 효과마저 없으며 차라리 가격 자유제가 더 낫다"라는 반응을 보이는 형편이었다. 1섬당 1천2백원으로 책정된 수집 하곡은 경북의 경우 총 생산량의 23.5퍼센트에 불과하였으며 목표량의 74.4퍼센트에 그쳤다. 그러나 수집된 21만 섬은 수집량 면에서 전국 최고로서 전국 수집분의 34퍼센트를 차지하였다. 생산고가 가장 많던 전남이 154만 섬 중 4만 섬밖에 수집되지 못한 것을 보면 경북 지역의 수집과정이 얼마나 혹독했는지를 반증하고 있다. 이처럼 10·1사건의 발발 자체는 농민들보다 대구 지역의 학생과 노동자, 도회지 일반 서민들에 의해 야기되었지만 직접적 촉발계기는 구술자의 증언처럼 농촌에서의 하곡공출 및 식량부족문제에 있었다.

허만호 외 「대구 10·1 사건: 국가건설, 민주주의, 인권」 전남대학교 5·18 20주년기념 국제학술대회 발표논문, 2000, pp. 1-7.

32. 당시의 행정구역은 경북 달성군 공산면에 속했다. 이곳은 1958년 1월 1일 대구시로 편입되었다가 1963년 1월 1일 경북 달성군 공산면으로 환원되고 1981년 7월 1일 다시 대구광역시로 편입되어 대구광역시 동구 송정동이 되었다(자료출처 : 대구광역시 동구청 홈페이지).

33. 숙천동과 경계를 맞대고 있으며 당시 행정구역은 경산군 안심면이었다. 1981년 7월 1일 대구광역시로 편입되어 현재 대구광역시 동구 사복동이 되었다(자료출처: 대구광역시 동구청 홈페이지).

34. 그 술집이란 사복동 국도 변에 있는 기사식당을 지칭한다. 이곳에서 2006년 4월 8일 구술자와 첫 인터뷰를 했다.

35. 고령에서 금산재를 넘어 대구로 통하는 고령교를 가리킨다.

36. 구술자는 동생이 공군 장교로 6·25에 참전했다가 전사했다는 사실 외에는 별다른 기억을 가지고 있지 않다. 구술로 미루어 볼 때 그의 동생은 육군항공기지사령부 소속이었을 것으로 추정된다. 육군항공기지사령부는 1948년 9월 13일 육군항공사령부로 개칭되었다가 1949년 10월 1일 1,616명의 병력과 L-4/L-5형 연락기 14대를 가지고 공군으로 독립했다.

37. 牌將. 보도감(洑都監). 마을 사람들이 모여 보 도랑 파는 일을 할 때 이들을 감독하는 역할을 함. 구술자는 54세 때 보도감이 되어 2년간 일했다.

38. 음력 이월, 땅이 녹는다는 절기는 경칩이지만 구술자는 이를 춘분이라고 했다.

39. 대한민국 정부가 수립된 이후 1950년, 1953년, 1962년 세 차례에 걸쳐 화폐개혁이 시행되었다. 1950년대에 시행된 제1차와 제2차 화폐개혁은 6·25전쟁 과정에서 남발된 통화로 인한 인플레이션을 수습하기 위한 〈긴급통화조치〉 및 〈긴급금융조치〉에 근거한 것이었다. 〈제1차 긴급통화조치〉는 북한군이 당시 법화인 조선은행권을 약탈, 또는 남발함에 따라 이러한 적의 통화 공작을 차단하기 위해 1950년 9월 15일부

터 1953년 1월 16일까지 전선변화에 따라 지역별로 나누어 실시되었다.

전쟁이 끝나고 물가가 크게 오르면서 정부는 1953년 2월 통화단위를 100분의 1로 절하하고 화폐호칭을 〈원(圓)〉에서 〈환(圜)〉으로 변경하는 〈제2차 긴급통화조치〉를 시행했다(자료출처 : http://www.komsco.com/currency/korea/history).

40. 1950년 시행된 제1차 화폐개혁과 1953년의 제2차 화폐개혁이 이처럼 거의 같은 시기에 이어서 시행되는 바람에 구술자는 이를 같은 조치로 혼동하고 있다. 그동안의 증언을 토대로 한다면 구술자가 논을 팔기 시작한 것은 1950년대 초가 아니라 1960년대 초여야 한다. 화폐 명칭이라든가 당시 돈을 교환한 곳이 〈하양농업은행〉이라고 하는 점을 보아도 그러하다. 〈농업은행〉은 1958년 설립되었다가 1961년 〈농업협동조합〉에 편입되었다. 몇 차례 이를 확인하기 위해 질문을 더 해보았지만 구술자는 여전히 구체적 증언과 연도를 달리했다.

5·16군사쿠데나 식후인 1962년 6월 10일에 시행 〈제3차 긴급통화조치〉는 통화단위를 10분의 1로 절하하고 화폐호칭을 〈환〉에서 〈원〉으로 변경했다.

이 통화조치는 6월 9일 공포된 〈긴급 통화조치법〉과 동월 16일의 〈긴급 금융조치법〉에 의거해 실시되었다. 〈긴급 통화조치〉는 6월 10일부터 구 환(圜)화의 유통과 거래를 금지하고 칭호가치를 10분의 1로 절하하는 동시에 6월 17일까지 모든 구권(舊券)과 지급지시를 금융기관에 예입하게 하는 것이었다. 〈긴급 금융조치〉는 6월 18일부터 손익계정·동산·부동산·채권·채무·계약 등 모든 '환'화 표시 금액을 '원(圓)' 표시 금액으로 변경하고 구권예금과 재래예금을 일정한 누증률에 의하여 봉쇄계정에 동결하는 한편 봉쇄계정은 그로부터 6개월 내에 설립하기로 되어 있던 산업개발공사의 주식으로 대체토록 하는 것이었다. 그렇지만 이 통화개혁은 유휴자금의 산업자금화에서도, 인플레 억제에서도 성공하지 못하고 정부 및 통화에 대한 신뢰의 손상과 산업 활동의 혼란을 초래하는 결과만 가져왔다. 이러한 통화개혁 소치는 1960년대 초반 군사정부의 밀어붙이기식 행정의 한 단면을 나타내 주는 표본이다(자료출처 : http://www.komsco.com/currency/korea/history).

41. 청송군 화목면.

42. 이 구술은 2007년 5월 10일 보충조사를 하던 중 녹취한 것이다.

43. 제헌 국회의원.

44. 2대 국회의원(1950. 5. 31- 1954. 5. 30).

45. 개발제한구역(greenbelt). 도시의 경관을 정비하고 환경을 보전하기 위해서 설정된 녹지대. 이 구역 내에서는 건축물의 신축·증축, 용도 변경, 토지의 형질 변경 및 토지 분할 등의 행위를 제한하고 있다. 우리나라에서는 1971년 7월 30일 서울지역에서부터 시작되어 1972년 8월 수도권은 광화문 네거리를 중심으로 반지름 30km 이내의 6개 위성도시를 총망라한 68.6㎢ 지역이 개발제한구역이 되었다. 그 밖에 개발제한구역으로 지정된 도시는 부산·대구·춘천·청주·대전·울산·마산·진해·충무·전주·광주·제주 등 13개 도시이다(자료출처 : 네이버 백과사전).

46. 1970년 4월 22일 고 박정희 대통령의 제창으로 시작한 '우리 마을을 우리 힘으로 새롭게 바꾸어 보자'는 운동. 농촌에서 불붙기 시작해서 처음에는 초가집 없애기(지붕 개량), 블록 담장으로 바꾸기, 마을 안길 넓히고 포장하기, 다리 놓기, 농로(논밭으로 이어지는 길) 넓히기, 공동빨래터 설치 등 기초적 환경개선사업을 했다. 이후 사업은 마을회관 건립, 상수도 설치, 소하천 정비, 복합영농 추진, 축산, 특용작물 재배 등으로 확산되었다. 새마을운동이 농촌에서 어느 정도 성공을 거두자 1974년부터는 도시 지역으로 퍼져 나가 반상회가 활성화되고 이웃 알기와 새마을대청소(내 집 앞 내가 쓸기), 저축하기, 거리질서 캠페인이 전개되기도 했다(자료출처 : 〈새마을사업 중앙회〉 홈페이지).

47. 근세 이전 촌락사회에서 사용하던 민속용어. 날품팔이(꾼)란 말과 동의어로 쓰일 때도 있으나 격식에 의한 임금노동자라기보다는 촌락사회에서 친소(親疏)·근린관계(近隣關係)에 있는 사람끼리 상부상조하며 노동력을 제공하는 사람이다. 날삯은 관행 또는 불문율로 주고받으며 화폐일 수도 있고 현물이나 노동으로 갚을 수도 있다. 하루 세 끼 식사 외에 참·술·담배 등을 제공받는다.

48. 구술자가 80년째 거주하고 있는 숙천동은 원래 행정구역이 경북 경산군 안심면에 속해 있었다. 안심면은 1973년 읍으로 승격하였다가 1981년 대구시가 직할시로 승격하면서 대구에 편입되어 대구광역시 동구 숙천동이 되었다.

49. 구술자가 살고 있는 지역구 출신 국회의원. 1960년 제5대 민의원(경북 달성, 민주당)

을 시작으로 1963년과 1967년 제6·7대 국회의원(서울 성동을, 공화당) 1971년 제8
대 국회의원(補選, 경북 달성·고령, 공화당) 1973년 제9대 국회의원(경북 달성·경
산·고령, 공화당) 1979년 제10대 국회의원(경북 달성·경산·고령, 공화당) 1988
년 제13대 국회의원(대구동, 민정당·민자당) 1992년 제14대 국회의원(대구동을,
민자당) 1996년 제15대 국회의원(대구중, 자민련)이 되었다. 민정당 대표위원(1988)
과 국회의장(1990, 1992, 1998)을 역임했다.

50. 오키나와에 강제징용 당했던 경산 지역 사람들의 모임인 〈태평양동지회〉가 실제로
활동을 시작한 것은 1963년부터였을 것으로 추정된다. 이들의 모임에 관한 자료를
담고 있는 『1946년 정월 초2일 태평양동지회록』에는 이 회의 추진위원이 이때 선
정되었음을 기록하고 있다. 『태평양동지회록』 p. 14.

51. 총살형을 선고받은 사람은 일곱 명이지만 실제로 죽은 사람은 여섯 명이다. 여섯 명
의 이름은 윤구암(尹九岩) 추인납(秋仁㗉) 박회곤(朴回坤) 천유구(千有龜) 김상길
(金相吉) 김정한(金正翰)이다. 허병찬은 총알이 빗나가는 바람에 살아서 도망쳤다
(구술자의 진술서를 볼 것).

52. 구술자의 기억과는 달리 사진에는 1986년으로 되어 있다(p. 146 사진 참조).

53. 이 시는 구술자가 기록해 두었다가 나중에 조사자에게 보여준 것을 전재한 것이다.

54. 이 단체는 〈사단법인 태평양전쟁희생자유족회〉를 가리킨다. 이 단체는 1973년 부
산에서 발족되어 전국 지부를 구축했고, 구술자도 이때쯤부터 경북대구지부장이 되
어 일본 국가상대 소송에 참여하는 등 2000년대 초까지 함께 활동했지만 지금은 소
원한 상태이다. 이후의 구술에서 나타나는 것처럼 구술자는 이 단체에 대해 상당히
부정적 인식을 보인다.

구술자와 관련된 〈사단법인 태평양전쟁희생자유족회〉의 연혁과 주요활동은 다음
과 같다. 1973년 4월 : 부산에서 〈태평양전쟁 유족회〉 발족. 대구·전주·대전·광
주·순천 등을 순회하면서 4 노지부 결성. 법인인가를 받지 못함. 1990년 1월 : 제
6차 법위 이가 신청. 유족회 명칭을 〈태평양 선쟁 희생자 유족회〉로 변경. 1991년 3
월 : 일본 정부로부터 입수된 『피징용자노무자명부(90,804명분)』를 토대로 제1차
태평양전쟁희생자들의 재판실태 조사(4월). 다까키 겐이찌(高木健一)변호사 외 6

명으로 변호인단 구성(6월). 일본의 전후 책임과 공식사죄 및 배상청구 소송 제소. 원고 35명(군인·군속·군대위안부), 1인당 2,000만엔(7억엔) 요구(12월) 이후 2004년 11월까지 일본 국가상대 소송 총 42차례, 기각판결 받음. (〈사단법인 태평양전쟁 희생자유족회〉 자료)

55. 구술자는 어떤 경위로 다까키 변호사를 만났는가에 대해서는 함구하고 있다. 이는 앞에서도 지적했던 것처럼 〈태평양전쟁희생자유족회〉의 일에 실망했기 때문인 듯하다. 그렇지만 다까키 변호사와의 만남은 이 단체와 함께 '아시아태평양전쟁 한국인희생자 보상청구소송'을 준비하기 위해서였음이 이후 구술과 관련 자료들을 통해 나타나고 있다. 구술자는 이 단체 사람들과 함께 2001년 3월 26일 동경지방재판소의 재판에 다녀왔다.

56. 진술서 전문은 부록 「진술서」를 참조할 것.

57. 이 재판은 '아시아태평양전쟁 한국인 희생자 보상청구소송'이었기 때문에 군인·군속·정신대 피해자가 함께 제소했다. 여기에서 여자들이라 함은 정신대 피해자들과 〈태평양전쟁희생자유족회〉 관련자들이다.

가계도

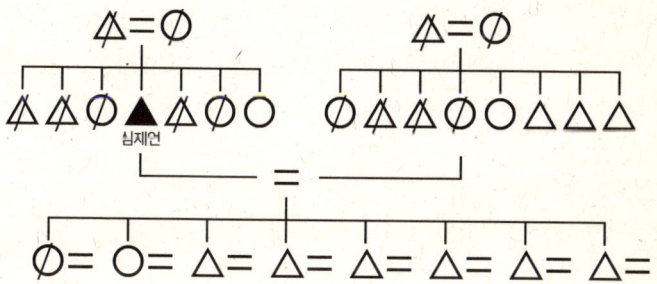

△ 남자
○ 여자
／ 사망

연보

1925년(5세)	팽이를 처음 깎아 봄.
1926년(6세)	작은형님이 일본으로 건너가 취직.
1927년(7세)	경북 고령군 우곡면 포동에서 경산군 안심면 숙천동으로 이사.
	연을 처음으로 만들었음.
1930년(10세)	본격적으로 농사일 시작.
1931년(11세)	일본서 형님들이 돈을 보내 주어서 집 건너편 들의 논을 사 놓음.
	집 앞 동답(洞畓)에 연자방아 설치.
1932년(12세)	담배를 피워 봄.
1933년(13세)	간이학교 입학. 한 달 만에 그만둠.
1937년(17세)	쌀 서 되를 훔쳐 내서 운동화와 바꿈. 운동화 처음 신어 봄.
1938년(18세)	청천역 하역부로 취직. 다섯 명이 한 조로 작업. 짐 한 고삐 실으면 쌀 두 가마니쯤 일삯 받음.
1939년(19세)	일제의 공출 시작됨. 동네에 정미소가 생기는 바람에 연자방아 없앰. 결혼. 고무신을 못 사서 신부가 짚신 신음. 신부에게 두 돈짜리 금가락지 해줌.
	곽담배 피움. 술 마시기 시작.
1940년(20세)	청송재언(青松在彦)으로 창씨개명.
1941년(22세)	만주로 가서 하얼빈 선로 공사장에서 일함. 열 달 만에 귀향. 그동안 번 돈으로 논 너 마지기 삼.

1943년(23세)	큰딸 태어남.
1944년(24세)	6월 28일 징용 가려고 집 나섬. 안심면에서 32명이 끌려감.
	7월 2일 대구 80연대에 가서 신체검사.
	7월 24일 일본 소주 아오모리 마셔 봄.
	7월 25일 대구역에서 부산으로 출발. 화물차 한 고빼에 78명씩 태움.
	7월 26일 아침 일곱시쯤 금강호 타고 하관(下關. 시모노세키) 도착.
	7월 30일 모지(門司) 도착.
	7월 31일 모지 출발.
	8월 10일 오키나와 도착. 석탄가루가 1/3쯤 섞인 밥을 18일간 먹음.
	10월 10일 연합군 첫 공습 시작.
1945년(25세)	2월 게루마 열도로 이동.
	3월 26일 영미군 아까노(阿嘉島) 상륙.
	4월 배고파서 부대 이탈했던 동료 7명 총살형. 6명은 죽고 1명은 살아서 도망.
	15일쯤 지나서 부대원 13명과 함께 미군부대 찾아서 투항. 천이 없어서 입고 있던 훈도시를 찢어 백기 만듦.
	미군 포로수용소에 수용.
	포로수용소에서 권투를 처음 봄.
	포로수용소에서 동료 7명과 함께 세탁일.
1946년(26세)	3월 귀향. 32명 중 2명이 죽고 30명 돌아옴.
	청천역에서 동네 사람 4명이 함께 내림.
	함께 돌아온 사람 모두를 집에 불러 통대구국 끓여 먹음. 이후 차례로 32명의 집을 돌면서 인사.
1946년(26세)	미을에 전기 들어옴. 나무 전주 11개 세움.
1947년(27세)	둘째 딸 출생.
1950년(30세)	6·25 발발.
	공군장교였던 동생 전사.

	맏아들 출생.
1953년(33세)	제2차 화폐개혁. 통화단위 1/100로 절하. 화폐호칭을 원(圓)에서 환(圜)으로 변경.
	둘째 아들 출생.
1958년(38세)	어머니 67세를 일기로 사망.
1961년(41세)	성당에 나가기 시작.
	6월 10일 제3차 화폐개혁. 통화단위를 1/10로 절하. 화폐 호칭을 환에서 원으로 변경. 하양농업은행에 가서 돈을 바꿈.
	통화조치 직전 논 다섯 마지기를 50만원에 팔아 버림.
1962년(42세)	비닐 나옴.
	사과나무 전지일 품팔이하러 안동·의성·청송 등 돌아다니기 시작. 일 년 중 넉 달을 일 다님.
1963년(43세)	경산 지역 오키나와 징용자들로 〈태평양동지회〉를 결성해서 활동 시작.
1964년(44세)	동네에 경운기 들어옴.
1967년(47세)	동네 강둑에 매달아 두었던 그네를 없앰.
	국산경운기 생산. 경운기 값 70%를 정부가 지원해 주어서 구입.
	아버지 사망. 산을 사서 어머니 이장.
1970년(50세)	새마을운동 시작. 동네길 넓히고 아래채 지음.
1972년(52세)	25명이 모여 동갑계 만듦. 동네가 그린벨트로 지정됨.
1973년(53세)	부산에서 〈태평양전쟁 유족회〉 발족. 경북대구지부 지부장이 되면서 십오만원을 주고 현판을 사서 달았음.
1976년(56세)	집에 전화 넣음.
1980년(60세)	동네 경로당 짓기로 합의. 경로정 창설 발기인이 됨.
1986년(66세)	12월 무고하게 처형된 일곱 명 동료들의 넋을 달래 주려고 게루마 열도에 다시 가서 처형장의 흙을 한 줌 가지고 옴.
	경산시 남천면 백합공원묘역 내에 〈태평양동지회위령비〉 건립.

1990년(70세)	〈태평양전쟁 유족회〉 명칭이 〈태평양전쟁 희생자 유족회〉로 바뀜.
1993년(73세)	4월 29일 정부기록보존소 부산지소에 보관된 마이크로필름으로부터 『선박군(오키나와)유수명부(船舶軍(沖繩)留守名簿)4』 복사해옴.
1997년(77세)	동갑계 해산. 유리병 막걸리 대신 플라스틱병 막걸리 나옴.
1998년(78세)	반야월 단위조합 복지대학 졸업.
	사단법인 〈일제강제연행 한국생존자 협회〉 대구지부장으로 임명됨.
1999년(79세)	대구광역시 동구 노인 지역봉사 지도위원으로 위촉됨.
2000년(80세)	아내와 함께 부산 고종 집에 가서 이틀 밤 자고 옴.
	숙천경로정 8대 회장 취임.
2001년(81세)	3월 26일 일본 동경에 가서 〈일본의 전후책임과 공식사죄 및 배상청구소송〉 새판 참석. 기사판결 받음.
2002년(82세)	아내 사망.

부록

我等은 1944年 6月27日 徵用 영장을 받고
沖繩로 끌려가서 軍隊의 軍用物을 하역하는 일을
하였다 도착한후 1개月 동안을 식사나 모든것이 보통
이엿다 그후 9月초경 우리 식사의 문제엿다
白米가3, 豆米이1 3分이 합한 쌀을 食事로 주는대
도저히 먹을수 없서 물에 걸너서 먹은적 몸이 먹을수
없서 항의 말을 한즉 부대장이 오분의 배급맛는 쌀이
좋 나빠다 그러나 그대로 먹어 하며 터이 말을 못하
게 한다 이것 18日 동안 갓다 못먹어나 배 곺아 견듸
지 못할 지경의 일은 무거운 일을 하기되니
쌀 화물을 내리는대서 먹을것만 잇스며 훔처 먹기시작한다
이러하니 도럭질 한다고 매질을 시작처여 공동 기압을
주며 메일 저역이면 막사 안에서 매질을 하는대
죽는다고 고암치는 소리가 여기 저기서 들여 왓다
이러한 일들은 나하 天穗 山嶺초 잇슬때
일이라 이에 인간 침약는 말할수없시
혹독한 일이라 생각 하기 안눌수 없다

2001년 3월 26일 〈일본의 전후책임과 공식사죄 및 배상청구소송〉 재판을 위해
다카이 변호사에게 주었던 진술서 전문.

제10일 오기 누와의 노동후라여 헌비군교의 숙소를 정하고
선창의 하역 짐엄을 하는데 밤낮이 없이 고래로
짐을 내려 욱기찬 공장으로 짐을 운반하고 배에는 내루고 하여
한달죽 지나고서 사사의 밤이 군정이 3-1 조선언 밤을
주니 먹을수가 없어 외이로 밤을 주느나 물어봐 거주이
라도 잠자고 머어 하드니, 석탄밥을 18일동안 고파
먹지 못하고 배는 곱파 죽얼지경인데 먹얼것밖게
생각 없다 이러니 배 잡푸는대 먹얼것만 있으면
훔리 먹기 돼니 도적 잡하라고 패기를 시작하여
딴이 마저지요 18일지나초로 밥을주니, 도적질도
덜 했지요 이러고셋으로 두달이지나 10월10일
오가와 천공습이 왔는데 오전7시반좀되여 시작하여
오후5시까지 비행기공습에 나하, 수리에는 봉바다기
되여 그만은 물자 바러여버 할것없시 다 태워 버릴지요
사람도 많이 죽엇지요 그대우리중대 군부들도 7호
이 죽어쎠요 2월끔가서 다시 공습이오는데
환5박의 한부시운 왔는데 그대는 많은피해로 주지
안고 30소도 못되어 도라가고 하엿지요 그대담 걸날러가
그리고 1945년 2월끔 경의 저역얼 먹고 이스니 9시끔
되엿는데 고향간다고 하며 빵이 배타로가라
하니 모도그와서 엽는준비하여 배에가니 조그만
한 목선이 엇다, 아이쿠 아니다 이배로서는

또저히 갈수없다 하고 잇스니 배가출발하는대
이때가 오밤오시엿다 비가오기 시작하여 참 ㅇ한거
천지를 분별하지못하고 잇스니 날이 밝아지자 비도
오지안코 어둠한대 다왓다 내리라한다 내리고
보니 조그만섬이다 여기가 패리마엽도엿다
알고보니 잉글대가 오니마서 잉을마치고 오기나하
로오고 우리는 자마미로간 동양이다
조기는 특공대 배곤 짜는 일인대 라다피 아가도
게리다 새로대로 갈나서 잉을하엿다
배 니다로 만든 배대 여기다 바구리이 25여(n)를
싱고 큰배에 다이아다리 한다는건시다
배를귀벅여 바다의 띄우는 훈연 또다시 절허연는
훈연 하면서 잘못하며 죽돌많지ㅇ 망해다못합니다
배 한척의 잠군심이 완전무장해서 중승에서 걸어버어
물에 띄우는대 인언이적으로 50오ㅇ이 왼혜어 잇합니다
3월 25일 밤의 배를대우는대 마가도의서 무대를따옷
는대 점문 조명탄알 소아서 붐비이 한분이스면 총살이
맛다 오는대 모러이 잉을할수없서 그만두고
부척만 나간누대 소식없너요
이때 물의 더가서 잉했는사람은 산으로가서 목슴맛어라
하고 밧게서 잉했는사람은 여거서 중에 기소도루혼에서
하니 갈이고망앗다 산으로간 사람은 젼지를 치러

가서 탄환을 운반 하는대 날이 밝자 함포사격의
부터 할수업는대 비행기는 포탄과 기관총을 오느대
피해 정별이 엄서 이러거디 피하다가 죽는사람이
<del>되</del>망할수업지만──3月26日 해 가 빠러지가 산망낭이 온사
가녀 여러분여 모엿지요 엄미군이 나재 상룩함따 최가
지라 다 내려가고 업서나 조군 취급 한화다. 잇써 잠함명령
이 내린다. 모이나 군사가 40명 가량이다 함소이가 말한다
그부는 곳에 수건을 매고. 막대기를 하나식 쥐며. 오늘 밤에
돌격전 한화다. 하며 이끌고 내려가라. 적군이 당처 연합 대기
로 때려 갈겨火한다. 하고 빨리 가가 한다──우도 우물쭈며 갈기뭉
지 아니하니 함룡배여 들고 빨리 가지 안으면 죽인가 하며
외치겨니 안갈수 업다──내려 가다가는 열으로 모당러서
사는이도 잇고 내려가서 그날밤에 5명이 죽고 다살아
왓쩍 그밤은 종송속에 막대기로 적을 갈주 수 잇겠습니가
이길노 피해서 5日동안 지내고 보니 배곱하 견딜수업서
산망랑으로 가나, 건빵 상자가 엄마 보면러 그빵흘 불러 먹고 나니
초금 낫다 이길로 한두 사람식 죽지 안은이는 단여 모엿다
적군은 26日 만 틍낫다가, 와서 오르지 안코 총만 쏘고 산을 초기
안어서 만이 다 췟이라 할수 잇다. 숨기 취래. 매일 군화는 일을
하고. 먹지 못하니 풀흘 뜨더 먹고 싸니 소금으로 섞어 먹어니
넘어 가기는 한걸

며칠 지나 4월 20일경 되어, 먹을 것은 없어 국군 지역인 데, 인가에
가서 쌀을 구해 밤에도 밤온 지어 꿀밤만 줌 뭉쳐 오늘밤에 간거
먹어본 너 밤까지 견디어 되어, 그 고통 말로 다하겠습니까

이로서 7,8의 총상 문제 비공아, 견디지 못해 나가서 인가의
농사지어 고구마 온개여 먹다가 경비 병의 감히 와서 몇칠
후에 총상령 올하였다 말하기로 너희들은 도망하여 인가
피해를 했으니 사형한다 하고 만일 공사람을 오라친다
나가지 않고 있으니, 누라누라 이름을 부른다 거기 께가 한 산으
로 간드니 삽을 한가락 주며 따라가라 한다, 가보니 한 4간
에 구덩이를 하나식 파라함해 이쯤되로 파고나니
7,8을 데리고 와서 우선으로 눈을 가려 메고 구덩이 앞에 세우
드니 너희들 할말이 있으든 말을 하라하나 아무도 말을 하지 않는
데, 청주군수가 말하기를 별말은 없다, 우리는 조선사람 한 그
러후 면원이 없다, 그리고, 너희들은 각 정당의 와서, 이런 짓을
할수인와 너희들은 살아 갈줄 아나하자 이놈들은 죽어도
먹는 말이야 하고, 사격 명령하니 일시 의거 탕하고 쏘았다
이로서, 다시 러지고 만다, 죽은 것을 확인하고 우리의 것 뚜더라
하고 갔다 우리는 웃고 있으니 허병찬 이가 나는 죽지 않으
니 소금만 무쳐 다오 하기로 이사람은 형식어로 묻었다
이때가 저역 7시 가령이다 밤이 되자 허병찬이는 도망허
상아 왔다

阿嘉島 의서 당한일이다 1943年 3月26日
영미군이 상육하니 우리들은 당황하여 어둠이
할줄을모르고 언덕밑에 숨어 있으니 해가지자
집합하라 명영이 내려 모여드니 많이죽고 30名가량
모였다 이사람들을 막대기 한게씩주며 적군과
대결하라고가자 한다 어쩔구이없었다 그러나 안가도
죽얼터이라 골짝으로 내려 가다가 적탄이 비오듯
쏘아지는데 몇명은 죽고 절반은 살아서 돌아 왔다
이러하니 먹을것이 없어 배가곱흐니 먹언것 차려없이
다가 고구마 밭이 있서 그것을 캐먹다가 일본병여
잡혀 왔다 잡명이 잡혀는데 이사람들 쏘빠이라 하며
몰아서 총살식혀 죽였으니 이 일은 적군이 상육한지
4月후이다 그 일이 너무 슬펐다

그리고 아까도 此上野의가면 지금까지 10名이 무쳐있다
이 무덤은 어드나 하면 군속이 九名 외안부 1名 합이 10名여
이 사신은 바줄로 손을 묶어서 나무더 메언노니 드거운
날씨의 물도주리안아 3日이 지나니 죽어 버려서
골판는 헐로 무덧떠 지금 현광의가면 그대로이서 알수었다
이 일은 6月25日경이다   현지의 가서 발근하여 확인
하여 주소마 하는 마음 간절합니다

이런 악독한 짓을 하고 떠서 원죽(?)엄마건 다하고 걸어다가
실컷 양식이고 났어 죽이고, 그래도 무슨 한이 아서
양식이 풍을 오늘와자 주기 안고 무선 낫트로 감포해다
하는 마음이 없습니가 ── 성역(?)한 명미를 보시고
당신네는 패전국에 식민지로하다가 언어 독립실어
주기 안습이가 그런것을 보며 이래할수 있습니가
우리는 그때 걸어 한참 일할때 공범드러 지국가고 고생
하는겁이 누구때 문이다 하는것을 다 생각하고있습니다.
당신네는 독립실어주니 지유경개 다국을 지내고
이라났요 그러면 누드라도 우리일 했는품을 주어야 옳았음
아히기요 사랑을 지쁨실 처럼 급방엉을식허
만이 부러멍엇 가나요 그 꿈을 빨리 해결하사요
지금은 서로가 친하게 지내고 평화주이 르카는
데 혼자서 욕심만 부리면 안됩니다
이웃을 사랑하고 서로가 아겨주어로 동양평화
가 온라고 저는 생각니다 생각해 보새요
침시대니 위안대니 하며 학국여성들 끌고가서
무선 고욕을 당했는지 감양겠지요
다 말을 할나면 한 업니, 그만 드고. 우리 교활이
평화적 으로 지넙시다

1944年

조선 충독이 阿部 이고 朝鮮總督

경북 지사는 金大羽 이고 慶北道知事

경산군수 月島 慶山郡守

103 中隊長 市川 이고 나의 사령관 牛島

게리마 열도上陸은 1945年 3月 26日 103 中隊長 市川

나하本島 上陸은 3月 31日 豆野 맘, 카테나

일진 일태 에 5만名 死亡 8886 部隊長 中田

우리가 수용소는 屋慶名 잇게나 3小隊長 永田

고향도착 1946年 2月 27日

훈상터 명단은 다음과 갓다

　　尹九岩

　　秋仁答

　　朴四坤

　　千有龜

　　金相吉

　　金正翰

생모 許東燮